沧桑碉楼

梁小恩 著

南方出版传媒 花城出版社
中国·广州

图书在版编目（CIP）数据

沧桑碉楼 / 梁小恩著. -- 广州：花城出版社，2021.7

ISBN 978-7-5360-9441-3

Ⅰ. ①沧… Ⅱ. ①梁… Ⅲ. ①纪实文学－中国－当代 Ⅳ. ①I25

中国版本图书馆CIP数据核字（2021）第125492号

出 版 人：肖延兵
责任编辑：欧阳佳子
技术编辑：薛伟民　林佳莹
封面题字：顾建平
内文供图：关炳辉　谢坚练
封面设计：集力书装

书　　名	沧桑碉楼 CANGSANG DIAOLOU
出版发行	花城出版社 （广州市环市东路水荫路11号）
经　　销	全国新华书店
印　　刷	深圳市福圣印刷有限公司 （深圳市龙华区龙华街道龙苑大道联华工业区）
开　　本	787毫米×1092毫米　16开
印　　张	13.25　2插页
字　　数	140,000字
版　　次	2021年7月第1版　2021年7月第1次印刷
定　　价	68.00元

如发现印装质量问题，请直接与印刷厂联系调换。
购书热线：020-37604658　37602954
花城出版社网站：http://www.fcph.com.cn

开平碉楼与村落是全世界最美的乡村，堪称民间主动融合不同文化的典范，这样的历史文化遗迹在全世界是独一无二的。

——联合国世界文化遗产专家

开平第一楼——瑞石楼

西方盛装下的东方情结

和平鸽与瑞石楼

马降龙碉楼群——"这是世界上最美的村落!"(联合国世界文化遗产专家语)

此中阳桃林,最是春色浓

马降龙·阳桃林——迎着晨曦，一挑憧憬

方氏灯楼——我微黄又温暖的光，守护着你回家的路

开平最古老的碉楼——迎龙里碉楼,历经四百年沧桑

自力村碉楼群村落——静立斜阳里,荷香送晚风

自力村碉楼群村落——金晖荷锄信步

自力村碉楼群村落——鱼塘、竹林、稻田环绕的碉楼群,遗世独立

自力村碉楼群村落——满园金色百里香

沧桑碉楼·碉楼群村落

碉楼晚景——遗世独立中的温柔与宁静

碉楼群村落——走过百年沧桑,守一份美好宁静

双子碉楼——唯有深情可相守

我的家乡——金黄的稻田、挺拔的碉楼

斜楼不倒·倾身为你侧耳细听

日升楼——彩霞满天,光里影幢幢

赤坎古镇·骑楼·水上人家

中国华侨私家园林——在园·春韵

"中国华侨园林一绝"——立园·碧绿鸟巢

"中国华侨园林一绝"——花海中的立园

"中国华侨园林一绝"——立园·曲水流觞

南楼七壮士纪念公园

南楼七壮士雕像

本书作者梁小恩陪同原文化部部长、著名作家王蒙考察世界文化遗产开平碉楼与村落。

序 / PREFACE

一部充满历史感命运感的厚重之作

张　陵

开平碉楼群的出现是中国近现代重要的乡村历史和文化现象。开平碉楼已是一处重要的人类文化遗产,得到联合国教科文组织的肯定和确认。近百年来,一种无形的魔力不断激发调动着诗人、作家的情感和思想,促使他们去感受和探索开平碉楼背后深沉的历史价值和文化价值,创作出感人的文学作品。不同时代,都会有自己时代的优秀作品。而我们这个时代,自然会有很多诗人作家关注这个题材。作家梁小恩怀着一颗敬畏之心和一份绵长的深情,全方位地展开历史层面与现实层面的细腻描写,真实生动地讲述着一个个与命运相关的人生故事,从而一层层揭开了开平碉楼神秘的面纱,凸显开平碉楼深刻丰富的文化内涵,塑造出开平碉楼饱经沧桑的历史形象和独特的文化形象。据我们所知，还没有一个作家，能够如此全面地展开关于开平碉楼的文学主题。而开平碉楼的文学形象，也从来没有像《沧桑碉楼》这样丰满过。

作家的生活底子是厚实的，情感是真挚的。作为一个开平人，从小就生活在到处能够看到并进出碉楼的乡村民俗氛围中，一点一滴地积累出对碉楼历史的认知，一点一滴地积淀着对故乡碉楼的爱。碉楼就是他生活的一个重要组成部分。在他心里，碉楼是平常的，也是神秘的，是神奇的，更是神圣的。也许，在漫长的岁月里，作家并没有意识到，碉楼这样一个意象，早已深深地埋藏在他心中，与他的文学生命血脉相连，不断反复酝酿发酵着诗与爱一样的情怀。直到有一天，也就是当他的情感被文学的冲动所激活，像长河一样从心中不停地流淌奔放开去，恣肆纵横，终于化为动人心弦的文学表达。这就是我们现在读到的《沧桑碉楼》。

正是因为有着厚实的生活基础和深沉的情感基础，这部长篇文学作品才显得真实，才像诗一样动人。读《沧桑碉楼》，最抓人的就是作家那种浓重情感化的句式表达。每一个章节，每一个段落，每一个文学意象，甚至每一个句子，显然都被作家的情感细细咀嚼过、品味过，都让人感受到作家心中对故乡碉楼的爱是那样不可遏制，是那样的激动。家乡的碉楼就像他的情人一样，被深深地爱恋着。他总是不停地不管不顾地描述着他内心这个情人的美丽和风韵，时时都在为她编织着美丽的花环，唱着动人的情歌。有时甚至不惜笔墨，铺张放肆开去，只要把爱恋表达出来就足够了。这种放开了去的真挚表达，构成了这部作品的底色与特色，也是这部作品的动人之处。在一部这么长的文学作品里，要从开头到结尾都保持着这么强烈的情感冲动和气场张力，并不是一件容易的事。许多作品都无法做到，但《沧桑碉楼》却能够做到，足见作家内心挚爱的足够强大，足够给力。

我们很快会注意到，支撑作品情感的力量，更多来自作家真诚敬畏的心态，对开平碉楼的理性认知和哲理感悟。作品从广阔的历史文化背景上，考察开平碉楼与中华民族生活、民族建筑传统、民族文化精神以及情感发展史的深刻血脉关系，甚至不忘动用人类原始生活的知识积累来寻根式地分析和确立开平碉楼的历史文化价值。这些带有相当知识含量的文字描述，为开平碉楼丰富内涵的展开铺就了一层厚厚的充满沧桑感的文化土壤。看得出，作家为完成和实现作品的主题，做了大量的案头工作，深入碉楼村落做了大量细致的实地调研，收集了大量的材料，储备了大量相关的知识，并在比较和思考中形成自己独到的思想与见解。这些理性认识和独到见识，支持着作品站到思想的制高点，支持着作品主题格局拓展和品质的提升。

当然，作品最有血有肉也是最为华彩的部分，是有根有据地讲述着一个个华侨在海外打拼的故事，揭示了开平碉楼与近代广东人向海外迁徙求生的深刻关系。这种关系，决定了开平碉楼作为华侨历史重要组成部分的特质。每一座碉楼，都潜藏着一个海外华侨家庭的血泪命运的奋斗史，都记载着这些为创造幸福而奋斗的华侨们悲欢离合、爱恨情仇的故事。这几千座碉楼放在一起，就是一部可歌可泣的华侨史，就是一个民族走向世界的光荣与梦想，它会产生一种历史的力量、道德的力量、史诗的力量,我们也可以把这种力量叫作实现中华民族伟大复兴"中国梦"的伟力。把这种深深根植于民族生活土地的力量与梦想传递表达呈现出来,就是这部文学作品深沉的思想主题和深刻哲理所在。

实际上,《沧桑碉楼》主题的另一个层面的开掘具有特别重要的文化意义,那就是这些普通的农民带着梦想走到了大洋彼岸,以自己一代人的苦难和奋斗为代价,开启了不断实现不同民族之间的文化交流和融合的历史进程,形成了一种共同命运的文化选择。一百多年来,一代又一代的开平农民,和中国沿海许多地区的农民一样,为了生存,选择了当"猪仔"的命运,被贩运到海外打工。没日没夜地干活,然后,把他们一点可怜的血汗钱寄回来养家糊口。他们当中许许多多的人累死在异国他乡,也有一些人终于积累到一定的财富,生存了下来。华侨的历史就是中国人走向海外的血泪史。开平碉楼就见证和记录了这个历史。作品塑造开平碉楼的群像,意义就在这里。值得注意的是,在描写华侨苦难命运的同时,作品不忘讲述华侨的反抗精神和革命精神,没有忘记他们对中华民族解放做出了不可磨灭的重要贡献。正是因为他们从备受欺凌和痛苦中走过来,他们才更切身体会到中华民族伟大复兴、中华民族立于世界民族之林的重要性,他们当中的先进分子才这样具有坚定的意志和信念,才具有百折不挠、勇于献身的革命精神。突出了这些故事,一下子把碉楼这个形象的内涵大大加深了,整个作品的思想境界也就大大提升。

在这种改变命运的伟大斗争基础上,揭示开平碉楼的文化价值才能准确到位。《沧桑碉楼》这个意识相当明确，因而能准确揭示碉楼形象里中西方文化交融沟通的本质。开平碉楼群正是这种中西文化的结合物化形态和精神象征。有意思的是，这些贫穷的文化程度并不高的农民，还没有多少能力像今天那么准确到位地模仿西方文化作品，但他们仍然非常智慧和聪明。他们以自己的理解坚持着自己民族的文化，也按照自己的理解选择了所在国的一些文化，看似笨拙，但传神生动，组合成碉楼自己的文化关系特点。那些朴素得甚至有些不伦不类的造型，以及种种不对称的比例关系，都在格外真实生动地表现了中国第一代"文化使者"状态和文化自觉自信。这种质朴也许包含着不同民族国家之间文化交流的某些基本规律。今天，中国已经成为世界大国并走向世界强国，文化上也不断获得自信。可是当我们回过头来看百年前这些文化使者的努力，真的会感慨万千，也会由衷赞佩。作品正是从这个意义上赞美敬畏开平碉楼群的。

自电影《让子弹飞》选择以开平碉楼为背景以后，许多作品更多的是开掘碉楼的传奇性，注重渲染开平碉楼的浪漫色彩。这个叙事方向有助于增加开平碉楼的神秘化揭秘性，对当地的旅游文化有促进作用，却可能掩盖了开平碉楼真实的历史，也降低了开平碉楼的时代价值。作为一部追求历史感沧桑感厚重感突出、文化含量高的长篇文学作品，《沧桑碉楼》虽然也在一定程度上注意到开平碉楼的神秘性和传奇性，也具有了揭秘的特点，但更注重真实历史的还原与再现，更注重写那些普通的乡村贫苦农民向海外讨生活的艰难历程，写出华侨创造美好生活，开创自己历史的伟大热情和史诗般的文化力量。这种写实性的语言叙事才能真正把开平碉楼的本质真实地凸显出来。作家的情感与理性的生动合力，通过各个章节的合理布局安排，打造升华出开平碉楼群的文学形象。这个形象带着丰厚的历史文化意味，又带着诗韵一般的意境，主题带着诗境，却真实，脚踏实地。应该说，在那么多的作品中，《沧桑碉楼》突出的厚重感给我们留下深刻的印象。可以说，这是一部文学品质相当高的长篇作品。

文学作品突出历史文化价值表明，我们这个时代对民族传统的敬畏与尊重，对民族精神的继承与弘扬。当我们意识到这种文化责任的时候，也表明我们的文学实际上更重视对现实生活的关注与表现。《沧桑碉楼》正是具备这种强烈的现实意识、时代意识。回望历史，守望传统，正是为了更好地把握未来。通过对开平碉楼群文学形象的生动打造，让古老的乡村碉楼焕发出新时代的光彩，凸显了我们的时代精神，增强了文化自信。中国已经进入了新时代，新的生活正在向我们走来，而《沧桑碉楼》告诉我们：开平碉楼的文化与我们时代结伴同行，她的力量和美永在。

（张陵，作家出版社原总编辑、著名文学评论家。）

目录 / CONTENTS

引言　　001

第一章　　形似而不神似的传说　　004

第二章　　当年明月照碉楼　　019

第三章　　水漫金山，身在异乡　　038

第四章　　只缘身在此"楼"中　　056

第五章　　梦里花落知多少　　074

第六章　　柳暗花明又一村　　093

第七章　　表里不一的渐进　　109

第八章　　石头间的诗情画意　　125

第九章　　最熟悉的陌生人　　139

第十章　　刻骨铭心的历史见证　　151

第十一章　世界遗产的告白　　164

尾声　　179

引 言

> 长亭外，古道边，芳草碧连天；
> 晚风拂柳笛声残，夕阳山外山。
> 天之涯，地之角，知交半零落；
> 一壶浊酒尽余欢，今宵别梦寒……

偌大的电影院里传出弘一大师作词的这首熟悉、悠扬的歌曲，那种日暮苍凉、辽远清寒而又缠绵婉约的意境从心头掠过，那是久违了的诗意，那是一种叫人沉醉的单纯的美……这种感觉使我有一种异地遇知故的惊喜，同时，也感慨自己很久没有安静地坐在像这般昏暗的大厅里，看一场这么值得期待的影片了。虽然是下午场，影院里仍然密密麻麻地坐满了人，除了专心看电影的，还有左顾右盼的闲人和不少依偎亲昵的情侣。也许不管影片讲的是什么，他们需要的仅仅是一个场地，一种气氛，一种表达，一种宣泄，让情绪飞扬，就像这部发生在民国，关于那些城南旧事的奇片——《让子弹飞》一样。

此刻，电影就要开始了，那充满期待的心仍莫名地加速了跳动。

期待，正是因为它的"奇"——奇人，奇事，奇景。姜文、葛优和发哥的天马行空，才气纵横配上与麻匪恶霸斗智斗勇的传奇故事，鹅城外，残阳如血，刀剑交鸣；鹅城内，迷巷深处，人影婉约……对于像我们这样生活在和平年代，穿梭于林立高楼、钢筋水泥之间的人来说，这就是一部成人的童话，不断在我们心底激荡久违的热血。但是光有这些还不够，英雄，总是生逢其时；英雄，总是出现在一个最宏大的舞台之中，他们以坚定如钢的信念，去抗衡危难甚至死亡。他们，代表了性格，代表了历史，代表了时空，拥有了这些，故事才会拥有灵魂和寄托。从影片一开始响起这段《送别》的时候，我就已经被它渲染的旷野、空灵、淡淡忧伤、瑰丽和异彩所深深折服，民国的服饰，民国的马车和民国的建筑。如果不是我之前做过功课，关注过影片拍摄的进程，我一定会以为这眼前的一幕幕只是出现在想象之中的梦幻，只是一些由高科技合成的光影。但当我亲眼看到影片中描述的鹅城和南国一霸黄四郎的住所，我还是不能相信，它是不是真的存在，是不是真的是一份可以触摸的珍藏，在一片片竹林深处，在一面面斑驳之间，英雄的舞台若隐若现。

那童话般若隐若现，掩映在层林翠竹间的一栋栋建筑物，它们有一个共同的名字——开平碉楼。

电影的节奏很快，背影中碉楼的轮廓经常一闪而过，从惊奇到似曾相识，耳边的嬉笑怒骂逐渐模糊——英雄的故事，英雄的土壤，究竟有多少英雄在这里折腰，又有多少豪气在这里张扬？它像一个谜，不断充斥我的双眸。除了英雄，它到底还有哪些秘密，它到底从何而来，为谁而生？我自认为是一个骄傲的旅行者，祖国的大好河山我已领略过不少，但是像电影中这样南国一隅的景象对我来说还是那么熟悉却又那么陌生，就像中国的图腾，龙，似鱼非鱼，似马非马——我到底在哪里见过？是否这种邂逅如此短暂，就像它的历史一样，遗落在一个被遗忘的角落。

　　风过，树摇；人已走，碉楼还在……此情此景，恰如当年蓦然回首的寂寥。无论电影多么喧闹，谢幕之后的人去楼空，无言独上西楼的眺望，才赋予了这片碉楼、这片村落最具传奇的感染力。是不是我们真的遗忘了什么？是不是我们真的忽略了什么？如果历史曾经在这里展现过恢宏，那么我们最应该做的就是去追溯——对，去寻找，无论是英雄还是凡人，都有值得我们书写的记忆，这，是我的使命，也是碉楼的宿命！

第一章　形似而不神似的传说

——由玛雅遗迹到开平碉楼

历史有时候总是惊人地相似，无论相距多么遥远，文明的火花总会在某一时刻闪亮同一片星空，我们知道的，不知道的，即将知道的，都是历史留给我们这一代的谜题，即使不能身临其境，在大洋的彼岸倾听一份回响，也是对曾经沧海桑田最好的回答！

每一声回响里，每一种回答中，多少往事升起沉下，当中又是多少传奇！

开平，就是一个产生传奇的地方！

开平，地处珠江三角洲的西南边缘，是五邑侨乡的重要组成部分，位于侨乡的中心区域。如果没有我们的主角，这里只是一个再普通不过的小村落，一江蜿蜒的潭江水流过这里，平静而又含蓄，人们过着再平淡不过的生活，男耕女织，日出而作，日落而息。

当我来到这里的时候，已经是黄昏，夕阳斜铺在缓缓流淌的水面上，泛着粼粼波光，让周围的一切都变成了剪影。中国的水墨画就是这种田园风格的结晶，没有华丽的油彩，没有精致的素描，有的只是对眼前原始生活的完整迁移，不加一丝修饰，却让每一处留白都有了不同的神韵。偏偏在这饱经风霜的土地上，偏偏在这一幅幅水墨画之间，出现了许许多多欧式古堡的身影。我一直觉得是旅途的疲惫让我产生了幻觉，但那不是单单一栋的建筑，而是一群，突然在下一个原野、街角之后，就毫无征兆地出现在我的眼前。而这时候，我连它们的名字都不知道。

一位当地的老人告诉我，曾经这里的碉楼更多，有4000多座，只是到了现在，岁月划破了辉煌的过往，历经风雨沧桑，留下的，只是我眼前这仅存的1833座碉楼。

这么多碉楼啊？我有点惊讶，这个数字远远超过了我的想象。在我心里，被称为遗迹的，都是形单影只的几个，而这里的碉楼，经历百年之后，是不是还不甘心退出人们的视野？看来，我与它们的缘分才刚刚开始。

对于这样的奇观，我总喜欢用登高鸟瞰的方式去第一时间领略它的全貌。第二天，继续沿着乡间小道行走，我一直在寻找着一个能让自己一览众"楼"小的制高点，但是走了很久，依然是毫无头绪。平静的路面上偶尔会跑来几只无拘无束的白鹅，"曲项向天歌"，"哦哦哦"地试探着、摇晃着小脑袋徘徊在我的周围，一下子，点缀的生机让我略感失落的心轻松了许多——"你们是想做我的导游吗？"我暗自笑道。怪不得电影《让子弹飞》中把这里修饰成一个叫"鹅城"的地方，原来这里不光属于这些碉楼的主人，也是众多鹅类美丽幸福的港湾。

难道就这样意兴阑珊？功夫不负有心人，终于在寻找的尽头，我赫然发现了一个看起来最醒目，最高大的碉楼："1、2、3、4……9！"我仰着头数着它的楼层，竟然有九层！这时的我竟然还不知道眼前这个碉楼就是大名鼎鼎的"瑞石楼"。只是当时兴奋的我已经来不及细细欣赏它的华美，查阅它的身份，一鼓作气就爬到了顶层。深吸一口气，抑制住朝圣般激动的心情，迎着初升的朝阳，一个新的世界被打开了。我终于第一次从这个高度看到了"开平碉楼"——这神奇的东方遗迹最真实最完美的全景！

看惯了都市森林单调的色彩和气息，厌倦了钢筋水泥高楼大厦的突兀和威严，眼前的一幕足以让我瞬间穿越到了那遗失的桃花源之中，豁然开朗！在被潭江水冲击了几千年的偌大平原上，只有两种颜色在交相辉映：一望无际的翠绿和饱经风霜的灰白，它们的百年之恋早已让彼此心有灵犀，好像在努力向尘世证明，在斯人纷纷，潮来潮去的历史洪流中，我爱永恒！

田野中随风摇曳的稻花和层层叠叠的荷叶甘心作为这些碉楼、这些村落忠诚的陪衬，小心翼翼，包裹着它的骄傲，欣赏着它的伟岸。让我惊奇的是，这里不需要层次感的渲染，一丛丛最低的野草，突然就拔高到耸立的碉楼，没有过渡，没有修饰，偶尔几棵零星的细榕树，也只是隐秘在碉楼被拉长的阴影里，或者几个连在一起，像一道围栏一样安静地排在离碉楼不远的田地上，整齐得让人心动。极目远眺，星罗棋布的原野上到处都是这样高调与低调的组合，从水口到百合，从塘口到蚬冈、赤水，纵横数十公里连绵不断，就像天地间豁然出现一场棋局，以大地为棋盘，以碉楼为棋子，方寸之间的纵横捭阖，如果不是在这个至高至远的角度，那种跃然于棋盘间的恢宏气势，任谁都无法想象！

我看过秦始皇兵马俑的千人千面，而在这里，我又找到了千楼千面的神迹！这似真似幻、独具西方建筑风格的楼群，怎么会同一时间，怎么会如此整齐地出现在华夏广袤的乡村田野之中？即使矗立在远处，它们的形象依然清晰可辨，没有一模一样的雕琢，也没有一模一样的配色，就连周围衬托的葱葱绿绿，都不是千篇一律，令人惊讶，令人沉醉。但是无论怎样，它们都无法避免地留下了时光雕琢的痕迹，那些肆意生长的藤条，那些独木成林的榕树无一不证明了这是一片穿越了时空的土地，而我就是这历史长河中的一名幸运的见证者，沧海一粟，它们能在未知的旅途上做到永恒吗？

等等，这个场景我好像在哪里见过？

等等，这种感觉我好像在何时体验过？

长城？桂林？中山陵？土楼？抑或南亚？北美？欧洲？甚至地外星球……

都不是，它们都可能像极了这里的一个侧影，但是这呈现在我眼前的恢弘和厚重分明不是那种单一的景致所能涵盖的，这种古老的遗迹式的建筑，好像根本就不会属于任何一个我们熟知的中华历史阶段的产物。散落在丛林之中的遗珠，惊叹于初识它们时刹那间的震撼，这一切视觉和心灵的冲击终于让我想起了它——为什么总是觉得似曾相识，为什么极目望去却总是激不起我的联想？那是因为它不在这里，不在此时，而是隐匿于穿越千山万水的大洋彼岸和比这里更加浓郁的丛林之中——玛雅遗迹！

当我恍然大悟时，连自己都吃惊不已。

也许是我痴人妄语，不同的文明，不同的建筑，不同的评价。但是当镜头不断拉伸，光影不断交替、重叠时，我分明看到了一样的色彩和一样的排列，斑驳的石柱，环绕的藤条，太像了！但最重要的，还是那一样深藏于建筑背后的秘密和深邃。

对于玛雅遗迹的了解，我多数来源于书籍和影片。广受世人关注的玛雅文明，堪称世界文明史上的奇葩。玛雅文明因印第安玛雅人而得名，是美洲印第安玛雅人在与亚、非、欧古代文明隔绝的条件下，独立创造的伟大文明。其遗址主要分布在墨西哥、危地马拉和洪都拉斯等地。玛雅文明诞生于公元前10世纪，分为前古典期、古典期和后古典期三个时期，其中，公元3至9世纪为其鼎盛时期。相比而言，西半球这块广阔无垠的大地上诞生的另外两大文明——阿兹台克文明和印加文明，与玛雅文明都不可同日而语了。

但是，让世人们百思不得其解的是，作为世界上唯一一个诞生于热带丛林而不是大河流域的古代文明，玛雅文明与它奇迹般地崛起和发展一样，其衰亡和消失充满了神秘色彩。公元8世纪左右，玛雅人放弃了高度发展的文明，大举迁移。他们创建的每个中心城市也都终止了新的建筑，城市被完全放弃，繁华的大城市变得荒芜，任由热带丛林将其吞没。玛雅文明一夜之间消失于美洲的热带丛林中。

第一章 形似而不神似的传说

　　玛雅遗址是玛雅人留给人们唯一的密码，欲言又止，令人心驰神往。这些神奇的玛雅文明是以一夜之间，在南美大陆广修金字塔为开端的。这就好比一场戏，没有过渡和序曲，一拉开帷幕，玛雅人就登场上演了一出壮观的历史剧。他们未给历史留下任何解释的大迁移，就好像匆匆落下了大幕，这场波澜壮阔的历史剧到此戛然而止。只有热带丛林里的野藤和苔藓，悄悄掩盖起玛雅人的足迹，只有那残塌的废墟向游人眨着拷问般的眼睛。当掠过美洲密林上空的直升机为我们揭开这片神奇土地神秘面纱的那一刻，浓绿和灰白的色彩便成了经典，这种鲜明的组合激起了人们无数的遐想。我曾以为这惊鸿一瞥的神迹在我的世界里只能出现一次，但是当自己站在这栋俯视天下的瑞石楼上，放飞一切可能的想象，我才发现，那种似曾相识的震撼又重现了，就在这里，就在我脚下方圆数百里的田野上，东方的神奇选择在这一刻与彼岸的上古文明辉映，那是多么孤独的回音，却又是历史多么偶然的交叉点！

　　18世纪30年代，美国人约翰·斯蒂芬斯在洪都拉斯的热带丛林中首次发现了玛雅古文明遗址。从此以后，世界各国的考古学家在中美洲的丛林和荒原上又发现了许多处被弃的玛雅古代城市遗迹。我想，他们第一次发现遗迹时的惊愕正是因为那种时间和空间的错乱感。我们对如今日新月异高度发达的文明太自负，进化论的时间轴让所有我们熟知的世界都自然而然地有了各自的归宿和缘起，我们不愿相信在遥远的世纪之初，会出现如此无限接近当今人类文明的种族和文化。这种惯性是我们的天性，所以当玛雅文明的硕果不断冲击着我们的世界观，一次次让我们瞠目结舌时，我们只能带着宗教式的虔诚把它敬若神灵。

在这一点上，人类没有区别，无论是西方还是东方。在泱泱五千年的中华文明史中，开平碉楼只有几百年的历史，但是当自诩为天朝上国的统治者开始了闭关锁国的孤傲，华夏的大地上便不见了宛如盛唐时期文化交流的繁荣与自由，重重的关锁之下，只有"南朝四百八十寺，多少楼台烟雨中"的荒凉！只有"便断碣残碑，都付与苍烟落照"的陈旧！

那时，人们信奉的先进往往是统治者施舍，不会，也没有意识去接受一切有别于常理的事物。偏偏历史给我们开了一个如此大的玩笑，在远离中原的南国边陲，在中国最封闭的村落里，一些老百姓开始慢慢读着英文报纸，享受着所有可能的外来文化——不错，这就是当时广东侨乡开平人隐藏在这一栋栋碉楼之下最真实的写照！

思绪被夹杂着泥土气息的微风打乱，眼前依然是错落有致的碉楼，绿荫之间，分外醒目。每每看它们一眼，心中都越发珍惜，是谁选择了你们？是谁在借着你们送来异国的问候？你们的面孔来自美洲，来自欧洲，来自亚洲，甚至来自我从未听说过的世界的一角，可是在这片曾经自负排外的土地上，你们都是如此倔强，如此不羁。遗世而独立，我现在还看不懂你们，甚至很难区分你们，可是我对你们的好奇没有一丝一毫的褪色。那石刻的雕花，那泛黄的对联，还有那无时无刻不散发出神秘气息的窗孔门洞都体现着不属于那个年代主流的意识和审美，可正是因为这样，你的魅力才无与伦比！

如果仅仅以时间的长短来评判遗迹的价值，那么开平碉楼的历史则显得太过短暂。在距开平市区十多公里一个叫三门里的地方，保存有现今开平最古老的碉楼——迎龙楼，而它，也仅仅是明朝嘉靖年间的产物，至今只有440多年历史。更多的，还是近代侨乡人利用钢筋混凝土建造的碉楼，历史此时早已进入了新的世纪，我们很难再看到像玛雅遗迹那么纯粹的巨型石雕艺术了，好在对于鬼斧神工，时间不再是唯一的标准。著名的蒂卡尔神殿是一座浮现在原始森林中的玛雅文明最早、也是最大的神殿遗迹。蒂卡尔意思是"能听到圣灵之声的地方"。遗迹中最大的杰作是五个巨大的金字塔神殿。站在64米高的4号神殿的顶端，鸟瞰四周的原始森林，有如身在摩天大楼的感觉。玛雅人热衷兴建庙宇和金字塔，他们强调建筑的垂直向上感，注意向空间发展，这一点和开平碉楼外貌的耸立不谋而合，即使相隔十几个世纪，这种疯狂的对于建筑终极意义的执着同样没有消失在历史长河之中。层层递进的对称感让人不禁感到一种威严和干练，碉楼没有金字塔般霸气入云的阶梯，没有张扬外露在塔顶的硕大神龛，它是东方的，它是内敛的，每一面都只留下大小相同的窗口，排列有序，好似镶嵌着的一张张惊奇于世事变迁的面孔，张大了嘴，时而倾诉，时而怒吼，时而低吟。有时我真想认真聆听它们七嘴八舌地讲述过去的故事，可是到最后还是被一阵阵醉人的晚风，一片片栉风沐雨的灰白印记拉回到现实之中。岁月无声，楼宇无言，世事纷纷扰扰，讲不出的喜与悲，我只能用心记住这些斑驳的面孔，也用心坚定寻找的使命。

走在开平乡间田野的羊肠小道上，碉楼的身影不断映入眼帘，但你永远不会感到审美疲劳，这些早已人去楼空的建筑似乎有一种天然的魔力，未知的身世让人着迷，百变的形状令人神往。当我们越来越无法解释类似这些"忽如一夜春风来"的神奇时，我们就越会把它神化。就在我与这些碉楼邂逅的前几天，一本本土味十足的魔幻文学作品走进了我的视野，它的名字很特别，叫《碉楼幽浮》，作者是被当地人亲切称为"碉楼文学叔叔"的开平人谭松兴。谭松兴的魔幻情结就起始于开平碉楼。他出生和居住在祖居的两层碉楼里，出门所看，尽是碉楼。那些碉楼，好多都没有人住。到了晚上，他会搬一张小竹椅坐在晒谷场上，听村民讲一些聊斋类的神鬼故事。故事结束了，寂静的碉楼所传来的响声，时常会让他浮想联翩。最令他着迷的，是村口两座孪生醒目的碉楼，"这座是辛弃疾，那座是李清照。"他认为，"那些飘荡于碉楼间的遐思，成为自己日后构想魔幻的基本元素。"谭松兴是本地人，对碉楼历史有着多年的观察积累，前期的素材采集并不困难。怎么找到合适的主人公？魔幻是一个切入口。他想到了有数百年历史的"网墟"（每年农历八月十一在开平长沙楼冈举行的网市交易）。在他的少年记忆中，随大人逛"网墟"时，自己总想在买卖渔具的人流中发现那个持一张银白色渔网的老人家。老人家叫网神，有谁买到他那张渔网，就一定会网网有鱼、丰衣足食。网神由此进入谭松兴的视野，成为见证碉楼四五百年沧桑史的魔幻主人公。融东西建筑文化精髓于一体的开平碉楼，那奇特的建筑风格，世界上找不到第二处。谭松兴写作时也纳闷，当时的碉楼建造者怎么就有如此空灵、巧妙的创意和先知呢？他认定，其中必有一种有待破解的"UFO现象"。为此，他让网神的"儿子"谷子在时空交替中乘飞船来回穿梭，成为东西方交流中的建筑文化使者。"幽浮"谐音"UFO"，这也是书写成后，起名为《碉楼幽浮》

的用意。

UFO？难道我们看到的穿越时空，如此相似的两块遗迹群落都出自外星世界的手笔吗？要不然，怎么去解释我眼前挥之不去的重影？从玛雅到开平，眼中交织的浓绿与灰白，变幻莫测的神秘感，这种内心的悸动，在碉楼陪伴的旅途上，前所未有的强烈。1952年6月5日，人们在墨西哥高原的玛雅古城帕伦克一处神殿的废墟里，发掘出了一块刻有人物和花纹的石板。当时人们仅仅把这当作是古代玛雅神话的雕刻。但到了20世纪60年代，人们乘坐宇宙飞船进入太空后，那些参与过宇航研究的美国科学家们才恍然大悟：帕伦克那块石板上雕刻的，原来是一幅宇航员驾驶着宇宙飞行器的图画！虽然经过了图案化的变形，但宇宙飞船的进气口、排气管、操纵杆、脚踏板、方向舵、天线、软管及各种仪表仍清晰可见。这幅图画的照片被送往美国航天中心时，那些宇航专家们无不惊叹，一致认为它就是古代的宇航器。这似乎令人难以置信，但却是确凿的事实。于是，有些学者提出了一种大胆的看法：他们认为，在遥远的古代，美洲热带丛林中可能来过一批具有高度文明的外星智能生命，他们走出飞船，教给了尚在原始时代的玛雅人各种先进知识，然后又飘然而去。他们被玛雅人认为是天神。玛雅文化中那些令人难以理解的高深知识，就是出于外星人的传授。

难怪人们喜欢贯通古今，因为传承；

难怪人们喜欢串联中外，因为憧憬。

我听过这样一个传说：殷商末年，周武王率军闪击殷都朝歌。当时殷军主力正在山东一带打仗，驻守朝歌的殷军仓促应战，结果在牧野全军覆没，帝辛自焚，国破家亡。据史书记载，在山东作战的殷人共达25万，是殷人中最能征善战的一族，唤作飞虎族。亡国后，这些人不愿做周的臣民，于是在将军攸侯喜的带领下，夺海东渡……然而，从此海外再也没有传来这群冒险家的消息。攸侯喜率领的25万殷人哪里去了呢？是被浩渺汪洋吞没了吗？也许，对于冒险家而言，大洋并非想象中那么宽阔而不可逾越。正如大西洋东西海岸线轮廓能几乎完美地契合一样，现在越来越多的人也憧憬着太平洋两岸的华夏文明与玛雅文明也存在着一种令人遐想的文化契合。

只是有时候，历史保留的真相不允许我们一厢情愿的假设。东西方文明的巨大鸿沟也许不是一片汪洋就可以填平的，在这些散落遗迹平静的外表下，是所有人类对于这个世界，对于他们眼中所谓价值观和世界观，所谓生存与生活不同的理解和实践，这里不会再有千篇一律的复制。当眼前的场景还原到我们还未触摸的真实，我们还会惊叹于他们的形神兼备吗？毕竟，有些背后的故事，才是这些遗迹的灵魂所在。

玛雅人的故事被津津乐道了很多年，但更多的是困惑和惋惜。是什么在一夜之间结束了这非凡的先进文明？是什么留下了如今眼前黄金时代的遗迹却走得义无反顾？考古学界对玛雅文明湮灭之谜，提出了许多假设，诸如外族入侵，人口爆炸，疾病，气候变化……各执己见，给玛雅文明涂上了浓厚的神秘色彩。为解开这个千古之谜，20世纪80年代末，一支由考古学家、动物学家和营养学家等45名学者组成的多学科考察队，踏遍了即使是盗墓贼也不敢轻易涉足的常有美洲虎和响尾蛇出没的危地马拉佩藤雨林地区。这支科考队用了6年时间，对200多处玛雅文明遗址进行了考察，结论是：玛雅文明是因争夺财富及权势的血腥内战，自相残杀而毁灭的！

自我毁灭？多么大的讽刺！事实胜于雄辩，玛雅人并非传说中那样热爱和平的民族。相反，在公元300至700年这个全盛期，毗邻城邦的玛雅贵族们一直在进行着争权夺利的战争。玛雅人的战争好像是一场恐怖的体育比赛，于是，这样的比赛场景不断地出现在玛雅人之间：

战卒们高举着长矛、木棒，背着那箭头蘸着剧毒的弓箭，带着令人毛骨悚然的蛊毒，袭击邻近的城市，一番血腥的刺杀后，输了的一方的幸存者成了俘虏。战胜的一方把俘虏们交给己方祭司，作为向神献祭的礼品……原来，这血腥的刺杀只为了抓俘虏来祭神！为此，甚至不惜屠城！

在玛雅文明到来之前，那片热带丛林有着和开平田野中那些村民一样质朴的印第安原居民，他们出于本能的生活方式需要的也许仅仅是大自然的恩赐。我不可能知道他们想的是什么，但是我觉得他们一定是幸福的，没有日新月异的欲望，没有大兴土木的野心，只是望着夜晚皎洁的明月也会笑着进入属于自己的梦乡。可是，这一切都随着文明的崛起而不复存在。玛雅令全世界敬仰的文明、艺术，都远远超过了当地印第安土著那几近原始的实际需要。现在在我眼前的那一片伟大的神迹就是后面发生的故事，不知为什么，那一瞬间，它的影像变得模糊，似乎只留下血淋淋的悲嚎……高耸的金字塔并没有带来和平和繁荣的祝福，反而成为祭祀的墓碑，孤零零地被所有人遗弃，他们用人命、用同族的鲜血祭奠的神，最后也没能庇佑他们，他们今天杀掉了弱者，明天却又被更强者杀掉，血债只有血偿……最后，这巍峨肃穆的金字塔成了整个玛雅族人的巨大坟墓！

或许，这就是我们中国所说的"天道好还"？嗜血后的伤口还需要多久才能愈合？

一种被欺骗的感情撕扯着我的心。原来被那么多人奉为圣殿的遗迹竟然隐藏着这么多的血与泪，生与死！不能为它的主人带来和平与幸福的建筑即使再高大再雄伟又有什么意义？又有什么存在的必要？

昔人已乘黄鹤去，此地空余黄鹤楼。

然而，在东方，在广东开平，却是另一番景象。

一般的碉楼是战争的象征，它们拒绝着人们对于安宁的诉求，被一群群冷血杀手们塑造成威严的基地，就像兵马俑出土时散发出的暗黑气息，它们不是去欢庆去祝福，而是去杀戮去掠夺。但是在这里，在侨乡开平一马平川的冲积平原上，枪炮和玫瑰，肃穆和慈祥，两者在轻而易举地转换。很多碉楼，都失去了原本用来防御盗贼土匪的初衷，却因其给人庇护与安详，而成了世界文明开枝散叶的摇篮。当夕阳西下，透过碉楼的映照，我们看到的不是嗜血的鲜红，而是温暖的金色。小孩围在碉楼之间捉迷藏，老人坐在摇椅上吐着烟圈，熙熙攘攘从田野中归来的村民互相打着招呼，感叹丰收的喜悦，倾诉遥远的思念。在碉楼的庇护下，侨乡百姓在天天"居安思危"的同时，也享受着和平的日子，这也算是一种境界吧？和平，是这里唯一期盼的主题。这里没有玛雅金字塔鹤立鸡群的孤傲，侨乡大地上千座古朴沧桑的碉楼延绵成一个整体，相濡以沫，它们共同隔绝了入侵，隔绝了危险、变故，却始终没有隔绝人们心中对于生活最质朴最简单的期望,在那些兵荒马乱的年代,对于整个中华大地来说,偏偏这些都是极其奢侈的幸福。如果真的有桃花源,那它的名字一定叫开平!

抚摸着碉楼里那些遗留下来的西式摆设和装潢,我不由得心生敬意。舶来的外族文明并没有让这里变质,也没有腐化这里的田园生活。人们扎根于侨乡大地,"弱水三千,只取一瓢饮",琳琅满目的新鲜并不会取代中国水墨画的基因,都说欲望是没有止境的,但是在这里我看到了什么叫知足,什么叫涵养。所谓"树欲静而风不止",也许只是因为树不够高,根不够深吧,当这棵树足够坚强,西风吹过,静如止水。还在批判我们当代人崇洋媚外吗?但是在开平的乡村中,在这种有过之而无不及的早期主动吸收西方先进文化的浪潮中,恰如中国的太极,中西方文明融合成了一体,你中有我,我中有你,没有颠覆,没有剧变。是什么力量可以如此春风化雨,是什么自信可以如此兼容并济?在这里寻根,在这里找到精神的寄托。

直到现在,开平的碉楼周围还住着许许多多的村民,他们传承、延续着祖祖辈辈生活下来的积淀,在自然中找到了平衡。在他们眼里,这一群群碉楼是老朋友,也是长辈留下的念想,是生命和牵挂的延续,就像我们每个人都珍藏着的老照片,没事的时候拿出来翻一翻,往昔的情事又浮现眼前,记忆犹新。"大观园如果没有了宝玉黛玉,只是冰冷的建筑群;同样,开平碉楼假如不出现主人公,也只能是空空的钢筋水泥载体。"这是"碉楼文学叔叔"谭松兴曾经说过的一句话——是人赋予了碉楼最大的灵动。

而在玛雅遗迹中，我们只看到了乌鸦在神龛上悲鸣，早已不见了那群神秘的玛雅先人。虽然据说现在仍有三百万玛雅后裔居住在犹加敦半岛地区，很多人仍然能说玛雅语系的语言，但是他们似乎都拒绝再回到当初那个最兴盛的玛雅文明中心，回到他们曾经引以为豪的神殿周围。和玛雅的今天不同，开平碉楼依然在滋养着这片它深爱的土地和人民，它的勇气和力量，取之不尽用之不竭，不排斥这个时代，不忘记那段历史，就像现在这样，一天天、一月月、一年年坚定地立于天地之间，无怨无悔。

形似而不神似。同样的斑驳，不一样的信念，在追求和平的道路上，开平碉楼无疑走得更远。它的宿命是与千千万万个华夏子孙相连的，它短暂的历史注定了不可能像玛雅文明那般星光璀璨，但是这南国的村落之中，只有碉楼可以作为时代赋予的中西方文明交流的传道士，这种存在本身就是一个奇迹。

人生若只如初见，何事秋风悲"碉楼"。

我小心翼翼地走下了碉楼，生怕惊扰了这醉美的意境，一回头，蓦然发现灰白色的边缘镶嵌上了一道金边，在余晖的衬托下，只剩下镂空的剪影，静如止水，好美！

第二章　当年明月照碉楼
——华夏碉楼的异类

是历史在成就碉楼,还是碉楼书写了历史?任何一个异类都注定有一段不平凡的旅程,当它孤芳自赏地守候在这片华夏广袤的田园之间时,是否还有那些同类,那些同样记载了历史与变迁的建筑,在同一片天空下,告诉自己,心为谁动,谁知我心,这些留在身上的一道道印记,都是岁月的密码,等待有心人来解读,来想象。

从小,我就是听着"董存瑞炸碉堡"的故事长大的,所以在我的印象里,碉堡就是敌人的代名词,是阻碍着我军夺取战场上最后胜利的障碍。它们的冷峻和森严,特别是电影里碉堡枪眼吐着吓人的火舌,都令人望而生畏。在那些战火纷飞的年代里,碉堡成了武器库,成了血雨腥风的杀器。可是,当我来到这里,来到侨乡开平,却每天都会面对着这些庞然大物,同样的冷峻和森严,但是却早已褪去了同宗祖辈留下的使命,改弦更张,隐姓埋名,留下的只有"终归于渔樵闲话"的质朴与恬淡!人们只是因为熟悉于它形似碉堡的轮廓,便赋予了这些高高耸立、星罗棋布地散落在侨乡原野上的建筑一个全新的名字——碉楼。

身临其境,我才第一次这么细致地欣赏这些久闻其名的碉楼,曾经镶嵌在报纸书本和影视镜头上一闪而过的朦胧倩影,突然清晰起来,立体起来,生动起来。记得中学时的历史老师讲过,中国的碉楼是汉族和一些少数民族在特定的历史时期兴建的一种以防御为主的多层塔楼式乡土建筑,早在汉代就已经广泛分布了。民间对它的称呼是"炮台",或"炮楼"。最初的碉楼依然是那个我们望而生畏的战争帮凶,只是,古人一定不会想到,当年明月照射过的那些充满了戾气和仇恨的建筑,竟然会流传下来,消除了战争的枷锁,作为一份难得的历史见证和珍藏,让像我这样怀着深深好奇之心的旅者不经意地穿越于历史与现实之间,透过那些饱经风霜的弹痕和风化百年的石刻,寻找散落在乡间的答案。

追根溯源,早在中国秦汉以前就有一种多层建筑存在,叫"角楼"或"望楼"。"角楼"更多地反映了这种建筑在住宅中的位置,建于住宅院墙的转角部位;"望楼"主要表达的是它的功能,望楼在上古时期是人们望候神人的"台",建在院落内,对位置的要求并不严格。炮台是取其登高远望之意。碉楼的建造就受到古代角楼或望楼的启示,发展很早,远在汉代就已经很完备了。

遗憾的是,汉代的碉楼实物今天已不可见,不过在画像砖、画像石以及明器中仍有保留。1979年湖北云梦西郊的癞痢墩发掘了一座东汉墓,出土的器物中有一个陶楼模型,是由一组楼阁组成的宅院,分前后

第二章　当年明月照碉楼

两楼。陶楼的西北角是一座四方形的碉楼，楼分三层。下层有门，与前楼相通，共用一道墙，后壁有两层腰檐。中层正面开有三扇窗。楼顶为两面坡，正中起脊，两坡各有斜脊。各层之间有方口天窗上下相通。成都的汉代画像砖庭院中的楼成正方形，斗拱支撑的腰檐上置平座，楼分成三层，各层腰檐和平座的挑出收进，满足了实际使用中的遮阳避雨和凭栏远眺的需要，又使楼体富于节奏的变化，具有典型的中国楼阁风格。这座碉楼在宅院中起着瞭望、防御的作用。墓主是一位行政官员或豪强，这种建筑在当时的有地位有钱财的人家中应该是比较普遍的。

到了魏晋南北朝时期，北方社会战乱纷争，民间大量兴建带防御性设施的城堡式建筑——"坞"，碉楼是整个防御设施的重要部分。甘肃嘉峪关魏晋墓出土的画像砖让我们一睹坞堡碉楼的风采，碉楼与坞堡的高墙厚壁相连，高出堡内其他建筑，成为视觉的焦点。

有时候，看着碉楼耸立的样子，觉得它就像中华自古有之的"塔"，永远都是最醒目，最神圣的那道风景！那完整的对称性和无法企及的高度，似乎在奴隶制和封建制的社会中就是权威和标准的代名词。一层一个故事，一层一段往事，碉楼早已超越了当初建造它的初衷，成了同步于中国历史进程的建筑奇观。

今存最早的碉楼实物，可能是坐落在西藏阿里地区札达县扎布让区托林镇象泉河南岸的古格故城遗址里的58座碉楼。古格王朝是由吐蕃王室后裔在公元9世纪，即唐朝中期建立于吐蕃西部的地方政权，偏居此地700多年，17世纪才灭亡。遗址有宏伟的宫殿和城垣，879孔窑洞、445座房屋、28座各类佛塔，它们依山而建，层层相连，直至山顶，气势巍

沧桑碉楼

峨。散布在城内的58座夯土碉楼高耸的残垣诉说着古城昔日的威严和坚固。古格遗址的碉楼表明，这种建筑因其登高望远，预警防卫的功能，不仅仅被乡村民众采用，也是城镇的重要附属建筑。其实远不止于乡村、城镇，在其他建筑场所中也有碉楼的建造，如位于北京石景山、建于明朝正德年间的承恩寺院内的四个角就各建有一座石砌的碉楼。

中国碉楼的基因，在开平得到了传递与发展。尽管开平碉楼一身洋装！

开平碉楼在这段历史中只是一个迟到的孩子，它的大规模建造只有40年左右的时间，但这不代表遗憾，只能说"时势造碉楼"。开平地势低洼，河网密布，常有洪涝之忧。加上其所辖之境，原为新会、台山、恩平、新兴四县边远交界之地，向来有"四不管"之称，社会秩序较为混乱。因此，明朝后期就有乡民建筑碉楼，作为防涝防匪之用。

如果也要追溯开平碉楼中最早的一个，就要来到离开平市不远的赤坎镇三门里村落。明朝末年，战事频仍，社会动乱，中原地区人民纷纷南下避难。一位关姓的老伯带家眷南迁，来到了岭南一个号称驼驮的地方（现在开平潭流渡至赤坎一带，古时候叫驼驮）。此地是冲积平原，水草茂密，芦苇丛生，成群的水鸭飞来飞去，啄食鱼虾。关姓老伯看到此地山清水秀，土地肥沃，物产丰富，是立村开族的好地方，就与家人一起，建造房屋，开垦土地，发展生产，安安稳稳地定居下来。他特别喜欢芦花，就在河岸上的芦丛旁边筑了一个书斋，叫"芦庵"。大家就叫他"芦庵公"。

数十年的休养生息，芦庵公的后人开枝发叶，人丁兴旺。另外一些

第二章 当年明月照碉楼

从北方南迁的人家也陆续来到这里聚居。几个村落就这样形成了。

芦庵公所在的村子叫井头里。与井头里毗邻的是三门里。

当时朝政腐败，社会不靖，盗贼猖狂，人民群众深受其害。为了保障家族和乡邻生命财产的安全，芦庵公的第四个儿子关子瑞，于明末在井头里兴建了一座三层高的碉楼，叫瑞云楼。

瑞云楼为砖石结构，非常坚固，一有匪情，或有洪灾，井头里和三门里的村民都躲进楼里暂避。后来，人口逐渐增多，瑞云楼容纳不了两个村子的群众。芦庵公的曾孙关圣徒决定在三门里兴建"迓龙楼"。他的夫人也拿出私房钱，与他共襄善举。

矗立起善良，抵御邪恶的侵袭，给予安详与庇护，这就是开平碉楼的初衷与源起！

瑞云楼和迓龙楼见证了400多年来开平的历史变迁，是珍贵的历史文物，可惜的是因修建水利之需，已成危楼的瑞云楼于1962年被拆毁了，只留下它一生的伙伴迓龙楼了。即使和周围的碉楼比起来已经是位高权重的祖师爷了，但是它依然那么低调，一如它浑厚踏实的外形。穿过静谧的村落与民居之间，我发现了它，再低调的气质也掩饰不住沧桑的洗礼，在青红两色分明的墙面顶端，赫然篆刻着三个大字——"迎龙楼"。在这片连绵百里的碉楼群中，它是保存最完好的最早的碉楼之一，440多年的历史，从明朝到清朝，从民国到如今，多少风雨，多少离愁别绪，看着身边一个个逐渐湮没和消失在历史长河中的同伴，它一定也很孤独吧？好在有我们一直记着它的过往，记着它的身世。迎龙楼就是曾经的"迓龙楼"，由于"迓"字在口头上很少用，所以村民便在书写楼名时改为"迎龙楼",门口上方有"拔萃"二字。据传门口两边曾写有"迎貌瑞稔,龙虎气雄"的对联,后来不知被谁铲去。与那些洋气的碉楼相比,它就是最传统最保守的那一个,碉楼四角突出,每层四角均有枪眼,底层正面开有一圆顶门,门的两边各开一个四方形的小窗,二三层正面各开三个四方形小窗。每层均分中厅和东西耳房。而特别的是,迎龙楼竟然是双色的,而这里面,有开平人深沉的怜爱。这栋楼是分为两部分建造的,下面一周的红色是红砖,当地人都知道,这是明末清初留下的色彩;到了顶端,上面的青色则变成了青砖,时光已经转到了1919年,村民们自发重修和加固了原本的碉楼,这才让它的生命延续了下来。

"江南一枝梅花发,一枝梅花发石岩,石岩流水响潺潺,潺潺滴滴云烟起,滴滴云烟在江南……"据传,这是原存于迎龙楼室内墙上的一首江南诗。只是我们不曾想到,这散发着历史遗迹感的建筑,曾几何时肩负的使命不是提供诗词歌赋灵感的圣殿,而是再简单不过的防洪。在一面墙的神龛里,供奉着古代北方的守护神——玄武神,而玄武管水,人们寄托的永远是风调雨顺。它坚持到了最后,它把人们的希冀牢记了几百年,从不曾离去,也从不肯改变。只是而今,昔人已去,早已物是人非。这份虔诚,也早已化为月光下的悠闲,化为榕树下的细语,化为时代车轮轰鸣之后永恒的回音。

其实,不要看这存留的1800多间碉楼形态各异,细细划分,也不过只有三类:一是更楼或灯楼,这种楼一般建在村头或村尾,有些建在小山丘上,供民团及更夫使用,里面有探照灯及报警器。当匪情出现,灯楼就会发出警报器的呼鸣,探照灯指向土匪来的方向,为各村的防卫争取时间。凄厉的警报声、锣鼓声和枪声划破寂静的夜空,对土匪也可以形成很大的心理震慑,它就是开平碉楼中的"预警飞机"。二是众楼,由十多户或几户人家合资兴建,这种碉楼有3到6层,每层设有2到4间房。众楼造型简单,装饰朴实楼内的陈设非常简略,多数房间仅有一张床供躲土匪的人家过夜使用。一有土匪袭击警报,人们就从老屋中走出,进入楼内躲避,土匪走后,第二天早晨人们就会走出碉楼回到自己的家中。还有第三种,就是那些最华丽的,最夺人眼球的居楼,用于建造者家族的起居住所,代表了家族的兴盛和精神风貌。这类碉楼的大量出现,改变了碉楼过去功能的单一性,增加了居住的实际用途,碉楼由此成为防御与居住功能兼而有之的乡土建筑。随着历史的变迁,它们的作用有些已经不复存在,仅仅留下自己的躯壳,出现在电视、电影和书本中,曾经侃侃而谈的无可替代,那份随风消逝的骄傲,也会时常让人唏嘘不已。

"今天只有残留的躯壳,迎接光辉岁月,风雨中抱紧自由。"也许歌声才能唱出开平碉楼的心声,只是,我们都知道,作为一种具有专门用途的建筑,只有在需要的地方,只有在特定的历史阶段,它才会出现在那里,出现在这些属于它们的光辉岁月里。现在,那段岁月已逝,失去价值了吗?即使不愿承认,也只能让回忆来填充空虚和没落。

但是,这群碉楼也是值得庆幸的,因为在中华大地上,它们不是唯一。西部的青海、西藏、云南、四川、重庆以及广东、福建、江西等省区和香港特别行政区都有它们同伴的身影,人们发现它们,欣赏它们,就和我在这里做的一样。从明朝俞万春的《荡寇志》，今人古龙、梁羽生等的武侠小说到茅盾、沈从文的散文等文学大师的作品，碉楼都是出色的群众演员，惊鸿一瞥的壮美，也足以令人过目不忘，浮想联翩。羌民碉楼、藏民碉楼、客家碉楼、福建土楼等等，这些很陌生的名字让开平碉楼不再孤单，这些民族色彩更加浓厚的碉楼，在乡村中，在高冈上，捍卫着土地和主人的荣耀，至死不渝。

谈到碉楼，就不能不提四川。天府之国的魅力不仅在于自然风光的绮丽，更在于民族色彩的渲染。四川很早就兴建碉楼了，目前保存的碉楼文献和实物异常丰富，中国古代文献对碉楼这种建筑最早加以记载的是《后汉书》，被记载的碉楼所在的地方就是今四川西北部羌族少数民族地区。打开尘封的史书，可以赫然发现碉楼的踪迹。《后汉书》卷八十六《南蛮西南夷传》："冉駹夷者，武帝所开。元鼎六年，以为汶山郡治（今四川茂汶羌族自治县）……其山有六夷七羌九氐，各有部落。……皆依山居止，累石为室，高者至十余丈，为'邛笼'。"在汉代，不管是十余丈的，还是十余丈以下的，都笼统地称作"邛笼"。"邛笼"是目前所见对碉楼建筑最早的称呼，来自对于古羌族碉楼称呼的音译。

川西北今为藏、羌族聚居的地区，历史上族内、族外部落之间械斗不断，加以与汉族的矛盾，产生了居住与防御一体的社会需要。道光年间的《茂州志》卷二《建置志》明确记载：蒿坪村在明朝嘉靖三年（1524）为了阻止其他民族的进攻而"筑楼防之"，该楼叫"蒿坪楼"。今茂县黑虎山的虎寨还保留了十多座风格各异的羌族碉楼，高者十多层，低者四五层，有四角的，有六角的，还有八角形的。当地盛产的页岩片石为兴建碉楼提供了丰富的物质基础。所以，由汉代一直到清朝，当地建造碉楼的风气不断，寨寨有碉楼，甚至家家有碉楼。碉楼成了羌族民居的标志性建筑。

与开平碉楼的华美时尚相比，羌族碉楼仅仅还原了所谓碉楼最本质的面貌。就像如今在羌族古寨中仅存的碉楼之一——"土舍碉"代表的那样，下大上小，共九层，高30余米，似一把直刺苍天的利剑；层层有木梯相连，每层四面开有数个射击孔，楼内进出的门很小，人只能躬身进退。楼顶则是当地民居建筑中常见的平顶，增添了一个钟孔，用于传递消息。每一个见过它的当代人，都好像看见自己家窗外冒着黑烟的大烟囱，就是这样简单到极致的建筑，却代表了一种宗教般的信仰，这就是生存，而生存的前提就是保护自己，在坚固的居所里求得生存之道，羌族人用一座座碉楼来祈求神的庇佑和恩赐。这些已经变成断壁残垣的羌族碉楼就是一架架战车，车在人在，车亡人亡，在那些充斥着少数民族矛盾和战争的年代里，无法带来浪漫主义的修饰，这些建筑同样认真得让人敬畏，令人驻足。

走出四川，还有一处带着神秘色彩的地方不能忽略。在西藏自治区，在青海南部的玉树、果洛、黄南州藏族居住的一些半农半牧地区普遍建有一种石木结构的二三层（个别为四层）平顶楼房，形似碉堡，当地人称为"碉房"，也有的就叫作"碉楼"。它是用片石和泥土垒砌而成，墙厚80至100厘米，外形封闭、坚实、稳重、粗犷；开窗小，像碉楼的枪眼，采光条件不好，室内光线暗淡；每层都有一个天井式的方孔，一架圆木做成的独木梯沟通上下。而楼层之间的用途基本相同，一层是圈养牲畜或堆放杂物，二层为居室，三层为供佛念经场所，以及储藏粮物。藏民碉楼看起来比较和蔼，因为它不用频繁地肩负防御外侵的压力，而大多是受中国古代角楼和望楼启示而产生的一种乡土民居建筑类型。

原来这些也是碉楼，原来碉楼在哪里都可以顶天立地！

这几天一直沉浸在开平碉楼的世界中，我像着了魔一般，总觉得已经不太习惯这类藏、羌民族聚居区的碉楼了——是先入为主的错觉吗？不，我知道，因为与这里1800多座碉楼相濡以沫，共经风雨的精诚比起来，那些散落在少数民族生活区域的碉楼实在太寂寥了。它们拒绝与庭院院墙或围屋土墙相连，而是独立于村中或村外，不越雷池半步，像一个个忠诚的卫士，永远忠实地守护着羌民族美好的家园。其实，它们本身也很有魅力，本身也是这里的一分子，对于这种"自律"，我是该佩服，还是该遗憾呢？奴隶制的思维在这一片片还未开化的土地上落地生根，对于这类作用单一的碉楼，有时只是一个单纯的附属品，在完成了自己光荣的使命后，会突然变得可有可无，从此便潦倒一生——统治者永远也不会对一群工具微笑，狡兔死走狗烹，这才是它们，才是历史最大的悲剧！

人去楼空缘尽也，落花流水奈何天！

第二章　当年明月照碉楼

从这一点说，开平碉楼显得卓尔不群。它的幸运，在于它走过了洪荒的愚昧，避开了专制的辐射，另辟蹊径，自成一派。开眼看世界的主人没有抛弃这些曾与之相依为命的老朋友，反而小心翼翼地呵护着它的存在，一代一代的传承，让自由的个性肆意地张扬，在这片辽阔却又垂垂老矣的王土之边，传统建筑的价值瞬间得到了升华，演绎出新的精彩——他山之石可以攻玉，这群华夏碉楼的异类，让中华文明与西方文明的碰撞不是玉石俱焚，不是侵蚀吞并，而是在潜移默化中印证着一种属于东方智慧的经典——包容并济，和而不同！

中国的传统民居从来没有向空间发展的习惯，人们牢牢扎根于土地上才觉得踏实，才觉得熟悉，所以在开平的乡村里，低矮的民居才是正统。如果没有这些碉楼的肆无忌惮，它们的环境也许会一直这么平静地延续下去，看不到改变，也看不到创新。

所以，有人说"人不是命运的奴隶，而是观念的奴隶"。

而恰恰在遥远的西方，在那块我们曾经一无所知却又自负得嗤之以鼻的大陆上，文明的车轮没有停下脚步，航海时代、文艺复兴和工业革命等等一系列史诗般的波澜壮阔，让它前所未有地生机盎然。而西方的建筑史就是这段历史巨变的缩影，百花齐放的艺术风格体现在他们的起居之所，寄托着希望与灵魂。也许在百年前一个遥远的夜空下，一位开平的村民向着划破天际的流星许下过一个愿望，希望这里变成崭新的乐园，于是，开平碉楼——这些洋溢着西方建筑精髓的天使便翩然而至，矗立在一片片田野之中，为这里带来久违的先进理念，从此，在东方的中华大地上，再没有什么碉楼可以与它争辉！当羌族碉楼、藏族碉楼们都一去不返的时候，唯有在这里，华丽的蜕变，让开平成为微型"世界建筑博物馆"。我们惊奇地数着它身上所有的拼图，那些西方世界的传奇名字：拜占庭、哥特式、罗马风、巴洛克、洛可可……都在这一一出现了，真实得让人不禁怀疑自己的眼睛。徜徉在其间，若海洋般辽阔。

西方建筑很早就定义了碉楼的标准，这种单体塔楼式建筑在西方也随处可见。比如10至12世纪西欧以教堂建筑为代表的"罗马风"建筑，它的贡献不仅在于把古希腊古罗马沉重的结构与垂直上升的动势结合起来，而且它在建筑史上第一次成功地把"高塔"组织到建筑的完整构图之中。在教堂的西立面往往建有砖石结构钟塔，它发挥着召唤信徒、授时的功能，在封建战争频繁时期又用于瞭望。起初，钟塔是独立建在教堂旁边。这种"罗马风"教堂最初兴起于法国，后来传播到了西班牙、意大利和德国等地。到12世纪，单体塔形建筑似乎走出了教堂，进入到城镇，不仅继续起着瞭望的作用，而且增加了军事防御和火警监护的功能。这样的城镇在西欧现今保存较好的是意大利的锡耶纳，该城在12世纪建有70多座石结构的高层塔楼，高高耸立在城镇的各个角落，迄今还保存有10余座，其上部造型丰富，给人很强烈的视觉冲击。

但是沿着西方建筑史的痕迹行走，我忽然发现很难把开平碉楼准确归于西方某一时期某一国家某一地域的建筑艺术。古希腊的柱廊、古罗马的券拱和柱式、伊斯兰的叶形券拱和铁雕、哥特时期的券拱、巴洛克建筑的山花、新文艺运动的装饰手法以及工业派的建筑艺术表现形式等等，都融进了开平的乡土建筑之中，但是偏偏这些碉楼的上部造型有些仍然保持着中国传统的硬山顶式、悬山顶式的风格特点。是谁的鬼斧神工用这些精华的碎片拼接起了一幅完美的作品？所谓"集百家之所长"，不外如是。

开平碉楼的千姿百态看似信手拈来，实则遵循着建筑最本质的特点。它们的下部基本延续了传统碉楼四方工整的造型，窗户很小，离地面较高，衬托出一种神秘与超世的意境。但是在上部，它不再压抑自己的个性，像雀屏展开一般灿烂多姿。其中有柱廊式的——等距离排列的西式立柱与券拱结合，显开敞状，显得典雅富贵。碉楼的柱廊多为步廊，有一面柱廊，三面柱廊和四面柱廊之分。柱廊是一种源自希腊神庙的古典建筑样式，古罗马建筑中也经常出现。古罗马建筑柱廊式的经典代表雅典娜女神庙，柱廊的券拱造型多数是采用古罗马的券拱，带有明显的罗马建筑风格。另外，也有很多碉楼想更亲近自然，不像柱廊式上面覆顶，而是露天的平顶式，造型显得异常开放。平台的围栏多数是通过实心混凝土栏板，在外墙进行细部处理，增加其装饰性。也有围栏采用西方华丽的古典栏式，古罗马建筑中的多立克、爱奥尼克、塔司干风格的栏杆立柱也有的放矢。

在我眼里，城堡式的碉楼最有西方的神韵，它运用中世纪欧洲城堡封闭的圆柱体和教堂顶部哥特式建筑的塔尖装饰作为建筑要素，远远看去，就像欧洲的城堡。那些交替的方与圆正是典型的拜占庭风格，这种同样融合了东方阿拉伯、伊斯兰文化的建筑，仅仅用那个创意无限的以支柱支撑的半球形穹顶，就轻易地征服了我的心。当初借用拜占庭风格的碉楼主人，是否也被这巨大的穹窿所震撼呢？它就像在居楼里也能感受到"天空"的宏伟，射下的神秘光线造成了一种与上帝直接对话的错觉。西方文明中这种营造的"精神空间"逐渐与统治者，与上层建筑平行，它代表了一个一般市民或贫民的精神家园，而这，在历代的中国城市中是不曾见过的！

"安得广厦千万间，大庇天下寒士俱欢颜。"这种"广厦"在中国一直是一个理想，却在西方的建筑中找到了照进现实的梦想。是否它传教般的降临，也带来了所有寒士的希冀？种族和国界，肤色与宗教，在追求幸福的人类面前，都像开平碉楼不经意做到的一样——合二为一，无论你我！

开平碉楼最多的还是混合式的风格，它能把前面三种风格巧妙杂糅，显得变化多彩，华丽富贵。蚬冈镇是混合式最集中的地方，我常听当地人说："蚬冈碉楼最精美。"原来是因为它们领悟得最深最广。在碉楼粗犷的外表下，还有一颗细腻精致的心。局部的细节，也是开平碉楼耐人寻味的魅力。山花，是西方建筑尤其是公共建筑和皇家建筑常用的装饰构件，而开平碉楼楼顶都点缀有山花。这些山花，有封闭的三角形、断开的三角形、曲线形等多种式样，带有浓厚的巴洛克和洛可可风格，赋予碉楼实体和空间以动感立体的造型，雄健有力之中流溢出主人追求新奇、富贵浮华的傲气。

曾经这样的装饰刚刚出现在中世纪的欧洲时，却一直被作为是离经叛道、奇异古怪的典型，然而它时而散发出的戏剧性和跳跃的节奏，却代表了人们内心的呐喊和意念的冲动。他们在这样的建筑之中，会获得一点有限的自由，会发现一丝现实世界的阳光透进了最黑暗的中世纪，在绝望之中找到了短暂的满足和安宁。同样的使命在东方落地生根，在我所知有限的开平历史中，这些碉楼从未退缩过，这身舶来的骑士外衣给了它们勇气，而骑士精神也在古老的华夏边陲有了崭新的演绎。

如果说这些都是开平碉楼学到的表象，那有一样东西是其他中国传统碉楼无论如何也模仿不来的，那就是它的建筑材料。开平建造的碉楼中包括早期的泥墙楼（用灰沙、糖、盐、蚬壳、蚝壳等混合，逐层锤打夯成），中期的青砖楼（用一般的青砖加厚建成），到最后的钢筋水泥楼（用钢筋混凝土按现代建筑用料建成），而其中最特别的是使用来自西洋的"红毛泥"（水泥）、钢条、花式地砖和石膏浮雕的更是不在少数。当其他地区的石、砖碉楼还在平淡缓慢地淘汰或更新中时，开平碉楼却迎来了自己建造的黄金年代。目前开平现存混凝土楼1474座，在开平碉楼中数量最多，占到80%。这些多建于清末民国时期的混凝土楼又称"石屎楼"或"石米楼"，整座碉楼就是使用上面提到过的从英国漂洋过海而来的"红毛泥"，还有沙、石子和钢材共同建成，极为坚固耐用。有了这般先进的"神兵利器"，拔地而起的骄傲就成了水到渠成的必然。

在玻璃幕墙和马赛克征服了几乎所有城市的时代，碉楼，这些历史十字路口的坐标仍然倔强地矗立在田野之间，与伟大的时间对抗。只是，在这种卓越背后，我反而心生疑虑：靠着外来文化提携得到的精彩，真的那么值得自豪吗？作为一个中国人，我深深了解近代史的屈辱，国内一些沿海大城市的西式建筑，英租界或法租界中的花园雕塑，大都是洋人用坚船利炮"打"进来的,带着浓厚的西方殖民和传教色彩。这种洗脑一旦扩散,文化侵蚀的黑暗将颠覆所有的华丽,就像罂粟的美,摄人心魄却令人心寒。开平,你会为这样的美欢呼吗?

好在,我发现自己错了,我的担心是多余的——从开平碉楼村落村民那幸福平静的眼神中,从他们在碉楼里"偷得浮生半日闲"的自在中,从那些尽人皆知的流传下来的故事中,我分明看不到强迫和压抑,而是流水一般的顺从,宛如潭江延绵而去的自由,应运而生,自然而亡,所有的一切发生得如此平稳,生活一如往常。而日日在身边焕发着异彩的碉楼不是负担,不是焦点,不是朝拜,而成为生活的点缀,成为盎然的情趣。

"以小人之心度君子之腹吧",我为自己的世俗苦笑,欣慰。

就像这里四处可见随风摇曳的稻花一样,开平的村民们对待生活没有宁折不弯的倔强,这无关气节,在平静的岁月里,枕戈待旦的日子才是对人世的讽刺。东风与西风可以让它们摇摆,但是拔不走扎下的根,这种根,是千百年来与大自然和谐相处培养出的默契,任何外来的文化都只是它的辅助,它的拼图,它的衬托。习惯成自然,这份闲适怎么会轻易被改变呢?村外是大片的稻田和养殖鱼、鸭、鹅的水塘,村村相连;春播秋收,嫩绿的禾苗、金灿的稻谷,季节颜色的转换,书写着开平村落的年轮,渲染着农耕文明最自然的背景。

熟悉欧洲建筑史的人都知道,无论是古罗马古希腊的神庙,还是中世纪哥特式教堂的瑰丽,归根到底都集中体现在了千千万万个虔诚的教徒崇拜的神祇之中,人们渴望神灵的庇护,就在自己的想象中加入了天堂的景象，这些高大、神秘、恢宏的西式建筑不正是信徒们心中那些不朽之神的居所吗？那时的他们对神的景仰远远超越了对自己生活的遐想，即使生活再潦倒，都不曾努力去改变，而是寄托于虚无缥缈的宗教——我无意诋毁宗教的伟大，毕竟那是一片精神的港湾，只是此情此景让我不禁想起了曾经看过的一部电影，《英雄本色》中小马哥与豪哥之间的一段对话：

"你相信这个世界上有神么？"

"相信，我就是神，神也是人，能掌握自己命运的人就是神……"

求人不如求己——在东方，在东方这个岭南一角的乡村里，开平人就是这样实践着亲力亲为的梦想，他们亲手塑造了属于自己的小生态圈，让周围的一切都成了风水，成了休养生息的聚宝盆。

开平碉楼也许是最晚一个来到这片村庄的客人，漂洋过海，气势磅礴，梦想带给这里最大的改变。但是一天天，一年年过去，当他们领略到了这中国乡村最婉转的水墨情怀，理解过人们主动与自然分享空间与成长的博爱之后，默默地犹如散落在村前那一湾湾绿如茵，静如镜的河塘一样，融化在了这异乡的怀抱之中，甘心扮演一个不动如山的角色，只是因为他们实在不愿去惊扰这里的宁静与安详。入乡随俗的他们从此与各自的主人一起有了不同的理想和信奉，表现在外面才构成了这千楼千面的奇观。

沧桑碉楼

当你无法改变环境，你就只有融入其中，开平碉楼心如明镜。

西方经典教堂中最醒目最雄伟的都是关于宗教，关于神的瑰丽装饰，而在开平碉楼中，每一栋都只有一层来供奉自己祖先灵位的神龛，束之高阁，不惊不扰。当地人会把更多的心血和审美情趣倾注在如何服务眼前的生活起居之中，如何发挥碉楼最实用的作用——内在美与外在美，连开平质朴的村民都有着自己的坚持。"可怜夜半虚前席，不问苍生问鬼神"，当年贾谊在汉文帝身上留下的感慨和遗憾，却在历史蜿蜒璀璨的星河中得到了实现，而且，不是在高堂，不是在宫廷，而是在这片快要被遗忘的角落里，由一群再平凡不过的草根捡起，华夏的美德和对生活的向往从来不会被人丢弃，野火吹过，春风又起，开平"问苍生不问鬼神"的固执传扬在每一栋碉楼之间，生生不息。

平原少山，碉楼偶然间也充当了这里的"靠山"，人们"依山傍水"的理想正因为有了这些高耸的楼体才更显真实。力争上游的碉楼与低矮原始的民居结合，还使村落的伸向天际的轮廓线高低错落，起伏变化，节奏缓急交错，有张有弛，极富韵律，这高音与低音的和弦奏出了多少活泼与悠然，谱写了多少让人艳羡的田园赞歌！

华夏碉楼知多少，放眼中华大地，没有哪一处碉楼可以在艺术成就上与开平碉楼相匹敌。"君子生非异也，善假于物也"，借用西方的模式，却走出了属于东方的妩媚与温柔。开平的智慧不是天赐，不是授业所得，而是在一个个看似平常的生活细节中得到的灵感，这些藏于我们身边的美，远比一个建筑理论，一种艺术风格来得真实，来得熟悉。那种孩童般的好奇心，摒弃了粗暴的拒绝，抑或是卑微的同化，完全随心而动——"碉楼"本天成,妙手偶得之!只有生活本身最知道自己想得到什么,就是这个最简单的道理,当被人刻意披上诱惑的外衣,行走在一颗颗贪婪且脆弱的心灵上时,却可以如此轻易地被忽视,被替代,被污染。也许,它们缺少的就是这份原始与执着,而开平碉楼无疑是幸运的,它有自己的自由,它可以做出选择。陪伴在它周围的,那江、那树、那人,纵使四季变迁,斗转星移,依然故我。知音难求,而他乡遇故知的故事却不断在这里上演,传承,如此自然,如此奇妙。

一花一叶一世界,一沙一石一碉楼。

突然感觉,我离它们更近了!

第三章 水漫金山，身在异乡
——那些年的"金山客"们

背井离乡的心酸，不是每个人都可以感同身受的，即使是一座座金山，在赤子的心中，那也是故乡金色未来的投影。是海市蜃楼还是如获至宝，是荣归故里还是客死他乡？面对没有选择的选择，他们开始了汪洋上的漂泊。当大浪淘沙，千金散尽，一座座碉楼在家乡耸立，它们见证的不仅是华夏一隅的包容，更是海外游子沉甸甸的坚持和思念。

绕田垅荷塘，穿茂树修竹，放眼平旷无垠的田野：水塘、草地点缀其中，天造地设，相映成趣；碉楼、民居散布于田园道埂，错落有致，苍劲挺拔；碧草如毯，鸡飞篱笆之上；树木荫翳，牛嬉水塘之间，好一派祥和的村野景色，恰似一幅浓郁的农耕水墨画，氤氲着岭南乡村的气息，洋溢着田园牧歌的风情。踯躅于阡陌小径，走近风格各异的民居，仰望高大寂寥的碉楼，不得不感叹岁月的无情。历经时光的侵蚀，一些失修的碉楼，如今墙体斑驳陆离，门窗锈渍重重，人去楼空，台阶生苔，颇显苍凉凋敝，但依稀还可寻觅当初的华美。

雕栏玉砌应犹在，只是朱颜改。

"人去楼空？"我反复念叨着这个油然而生的成语，仿佛是一串密码，能解开我所有的困惑。是啊，即使我再迷信，再天马行空，也不相信眼前的"万国建筑博物馆"是凭空拔地而起的，《碉楼幽浮》中的魔幻，只能是对这层神秘色彩的镀金和虚构。但是那些建造这些碉楼的前辈是什么人？会是我们熟悉的同胞吗？会是我们眼前这些桃花源中的村民吗？心跳的感觉刺激着我蔓延的好奇心，只有走近他，才会发现这些故事背后的起承转合，而故事中的主角才是这留下的1833座碉楼不灭的灵魂和象征。

碉楼的前世今生，成了我继续寻找的目标。

登上一座碉楼，入屋的光线不是很好，顺着楼梯盘旋上升，好像在穿越一道时光的隧道，不知通向哪里。阁楼的墙上挂着泛黄的老照片，依稀可以看到当年主人的模样，让人奇怪的是，除了朴素的汗衫和斗笠，竟然还出现了西装革履的装束，是谁在恶作剧吗？积尘的旧家具已经很久没有人抚摸过了，不过当地人似乎保护得很好，除了一点点灰尘，完好无缺，似乎还透着实木的光泽，隐隐衬出晃动的人影。在一个书柜的角落，有一只巨大的木箱，长三四尺，高约三尺多，宽也约三尺。箱子的所有边角都镶嵌铁皮，两侧有铁环，箱身打上排排铆钉，其气派，只有在古装片中见过的戏班子盛戏服的"戏箱"可以与之比拼。这里面装的是什么？我很想打开一看究竟，只是出于保护的目的，当地人不会让我这样做。

带着些许遗憾,我离开了这座碉楼,在楼下,我遇到了一位当地的老奶奶,她好像在这里生活了很久了,一脸慈祥地盯着我这个外来的面孔。"问问她吧!"我对于那只硕大箱子的好奇远远超过了我对于陌生环境的拘谨。老奶奶的话口音很重,我只能费劲地辨别着猜测着她的意思。终于,我从她的口中知道了那只箱子的庐山真面目,以及它独一无二的名称——"金山箱"!

"金山箱?装着金山银山的箱子?那里面一定都是奇珍异宝吧?"面对如滚雪球般越来越乱的秘密,我怎么肯轻易放弃,打破砂锅问到底的心情让我不断查阅着有关当地文化特色的资料。功夫不负有心人,在一本当地期刊中发现了一篇叫作《闲话金山箱》的文章,读过它我才找到了所有我想知道的答案,不承想,这些故事却成为一连串历史在我脑海中风暴似的开始!

"回乡探亲或告老还乡的'金山伯'们携带'金山箱',原来是乡间众口相传的盛举:祥伯一人带回六个金山箱,在新昌花尾渡码头雇了两条帆船,经茭荻嘴循台城河转潮境水迂回曲折,浩浩荡荡地泊靠在大江村边,用了几十条壮汉耀武扬威一路鞭炮一路吆喝地扛抬着,回到周边老家。另外一位,带回三个'超级金山箱',每个重二百斤以上。上岸后,每个由四条大汉扛抬,前后还有两人照应。四公里的路走了半天。'开箱'那天,全村像过年一般,男女老少拥进门来围观,一家人焚香拜过神明祖先,才打开箱盖。粗看来,'金山箱'乃是衣锦还乡的象征。彼时金山客在番邦,长年累月受了多少屈辱与磨难,不复返的青春岁月，从未享受到的家庭的温暖，告别时妻子是披着盖头的娇羞新娘，归来时却是龙钟老妇。老屋犹在，送儿远行的父母如今被神龛上的线香供奉着。失去的一切，拿什么补偿？就是庞大的金山箱，它所连带的气派，它向村人宣告：金山没白去，老子发了……"

金山箱、金山客，这些新鲜的符号不断冲击着我的想象。原来我早早就忽略了，我脚下的这片土地，不光叫作开平，还被叫做"侨乡"！

而那些被称为"金山客"的，就是当年从这里漂洋过海走出去的华侨，他们，是那只金山箱的主人，更是我面前这一栋栋碉楼真正的奠基人！

这些远渡重洋的华侨书写的一段段可歌可泣的往事，只有让有心人娓娓道来，才对得起峥嵘岁月在碉楼上刻下的足迹，才对得起当年明月在碉楼上吟诵的一首首《静夜思》……

开平与广东珠江三角洲的新会、台山、恩平和鹤山合称为"五邑"，从唐宋时期起就是古代"海上丝绸之路"的重要驿站，对于海外输入输出的接触程度领先于任何一个中国内陆地区。传说元军在新会崖南消灭宋军的最后一场战争——"崖山之战"以后，新会沿海一带民众与宋军残部为了逃避元军的镇压，只好逃往海外求生。而有史料记载，早在16世纪中叶的明朝，就有一些当地人不顾政府的海禁政策与外通商，到东南亚一带谋生，并且留居在了那里，成为最早的一批海外移民。虽然存在海外移民，但由于其与家乡的联系并不为官方认可，多是在非法的环境下存在，因而其家乡依然处于传统的乡村社会状态。明朝开始的禁海令让以海为生、自给自足的开平人生活难以为继，而不断加重的赋税和洪涝匪盗更是把这些贫困的村民逼上了绝境。但是他们并没有坐以待毙，海的尽头，是否就是命运的转折点呢？对生的渴望战胜了一切，战胜了对汹涌波涛巨浪的恐惧，战胜了未知前路的茫然，战胜了与亲人离别的痛楚，只因为生存下去的信念，只因为让家人生活得好一些的理想！他们毅然登上了远去的船只。这是一次赌博，也许他们从此就踏上了一条未知的不归之路。

1840年，一个中国人不会忘记的年份，鸦片战争的爆发让这片古老土地的平静戛然而止。那一连串丧权辱国的条约把中国牢牢钉在了历史的耻辱柱上，腐朽的清王朝闭关锁国的梦想被击得粉碎。命运从来就是捉摸不定的，整个中华的劫难却意外地让开平这个被遗忘的角落插上了起飞的翅膀！《中英北京条约》的签订冲破了清政府海外移民的禁令，海外移民与家乡的联系事实上合法化了。这一改变重新书写了中国乡村社会的面貌，对比凄惨的现实和幻想的希望，开平人"走出去"的欲望之火被点燃，熊熊燃烧，即使风口浪尖的汹涌也浇不灭，斩不断！

平静的潭江水自此不再平静。它淌过了小桥流水人家的村落，从陆地汇流入海，随着大海的汹涌，它潮起潮落的江畔多了一个喧嚣的码头，而多少人曾在这里驻足，有人焦急等待，有人送走所爱。熙熙攘攘之中，一定有那样一个年轻人，穿着单薄破旧的衣衫，顶着草帽，背着家里仅有的一些干粮，两步一回头，三步一踟蹰。"家里的老妈妈，还没有长大的好妹妹，再见啦，我要去远方寻找未来，你们一定要等我回来，等我回来你们就可以过上衣食无忧的生活了……"泪珠在眼眶中打转，但他忍住了，他不能让人们看到他的脆弱，因为有一个家还在呼唤

第三章 水漫金山，身在异乡

着他，等待着他。被簇拥着挤上狭窄的船只，年轻人遥望着自己的祖屋，默默许愿：金山银山，我都要把它从海那边搬回来，不让我牵挂的人和牵挂我的人再分离了……

渭城朝雨浥轻尘，客舍青青柳色新。

劝君更尽一杯酒，西出阳关无故人。

如果不是命运的捉弄，如果不是现实的残酷，这些面朝黄土背朝天的五邑农民是不会如此依依不舍地离开这片他们生于斯、长于斯，却连渺茫的希望都不复存在的土地，取而代之的是跨越重洋，忍受思乡的煎熬，去追寻未知的梦想。

下一站在哪里？是沿着前辈们的足迹去南洋经商，还是远赴欧洲大陆参与热火朝天的工业革命？就在这个时候，在跨越了无边太平洋的彼岸，一个年轻的国家，一个当时闭塞的中国人闻所未闻的国度，却吸引了整个五邑地区，甚至整个世界的目光，这种散发出的魔力，灿烂耀眼。它的名字就叫作美国。

1848年1月24日，这本来是一个再平常不过的日子，远在美国加利福尼亚的萨克拉门托河岸边，一位名叫詹姆斯·马歇尔的锯木工人正在定期清理锯木厂的水道，以防止河里的泥沙阻塞河流。奇迹通常都诞生于偶然，这个真理又一次得到了印证。突然，一个金色的小颗粒吸引了马歇尔的目光，好奇的他把这个小石块带到了镇里，结果震惊了所有人——这不起眼的小颗粒竟然被证实就是印加人口中尊为"太阳的泪珠"的黄金!

　　这个惊人的消息随即像长了翅膀一般蔓延开来。黄金不菲的价值让美国迅速诞生了一个新的职业——"淘金人",而淘金成本极低,一般百姓就可以轻易完成,有时,淘金人一个星期的收入竟然比美国普通工人一年的收入还要多!从这时候起,遍及美国大陆甚至即将席卷世界的淘金热拉开了它宏大的帷幕!

　　金色魔力的光芒乘着波涛,踏着巨浪照射到了万里之外中国南部的五邑边陲。是谁第一个把发现黄金的消息带到了这里?是那些陆续上岸布道的天主教传教士,还是曾经远渡重洋的华人先驱们?历史早已封存了记忆,答案在风中飘荡。只是,我们知道,在这片民不聊生的土地上,在这黎明前最黑暗的时刻,这道金色的光芒就是所有生活在水深火热的五邑农民迎接的最后一丝曙光与希望!

　　在美国发现金矿后仅仅一年,也就是1849年的时候,这个消息已经大规模传到了五邑,传到了开平。五邑报纸每天都会刊登轮船时刻表,随处可见张贴着招工的宣传海报,无数连温饱都无法满足的当地人被这些精心编织的金山梦所深深吸引。见证过南洋远渡的五邑农民,再也不会畏惧天高路远。许多人毅然辞别了家人,踏上了他们登陆北美大陆的第一站——圣弗朗西斯码头,从这里出发,奔向各个陆续发现的黄金矿脉。在马歇尔发现黄金后的20年时间里,从澳大利亚、加拿大等地又相继发现了同样的淘金地,人们把这些蕴藏着财富与梦想的地方统称为"金山",而那些辞别了故土的五邑农民就有了那个我们已经熟知了的新名字——"金山客"!

第三章　水漫金山，身在异乡

"原来圣弗朗西斯还被叫作旧金山，就是从这里来的啊……"我刚从思索中恍然大悟，却发现这个故事才刚刚开始，起起伏伏，就像曾经满载了这些金山客雄心壮志的帆船一样。

在那个时候，从开平还不可能直接有轮渡到旧金山，而是要先绕道到香港中转。由于条件所限，这些海外谋生的华工们乘坐的只是一种称之为"三桅帆船"的原始木船，但偏偏这种简陋的运输工具，当时到美国的票价竟然高达40多美元，相当于现在约2000美元。一些人被迫变卖田地和房契，甚至不惜借高利贷，用打工三四年的钱来还清债务，只为一圆金山梦。但是让人遗憾的是，很多人也许并不知道，当他们满心希望地踏上一艘艘桅船时，命运的波浪才会真正露出它凶残的一面，在惊涛骇浪中吞噬一切。漂泊从这一刻启程，香港到旧金山，少则三四个月，多则要用去半年时间，没有亲身经历便不能体会它的恐怖，在华工眼里，这艘横渡太平洋的帆船还有一个让人刻骨铭心的名字，叫"浮动的地狱"！

没有一丝一毫的夸张，在幽暗潮湿狭窄的船舱里，在举目四顾心茫然的大海之中，没有谁能帮助你。一些人自带咸虾酱充饥，不久就长出了虫子。而每一天都会有一个生命死去，每五个人就会有一个支撑不到最后的彼岸，身体不好的无法医治，等待他们的只是葬身大海的悲剧。我猜不到他们看到同胞一个个离去的心情，我也不忍去想象当深夜的海面如死一般沉寂时，这些背井离乡的华工在思念谁，又在憧憬什么。那些信念，陪伴着他们日日夜夜的漂流。当为了生计可以放弃尊严，放弃理想的时候，你无力责备任何人。这前赴后继的勇气不是来自什么伟大光芒的指引，而只是出于对家、对故土最后的挣扎。他们把乘船远去当作一种解脱，毕竟这段路还有尽头，还有可以畅想的未来，但是脚下祖祖辈辈留下的广袤土地，却难容我的存在，却让我遍体鳞伤，这无法名状的悲哀又能向谁诉说？颠簸的甲板上，晃动的梦乡中，我的金山触手可及，那才是我，才是我和我爱的人的金色天堂！

出师未捷身先死，长使英雄泪满襟。

幸运儿抵达了彼岸，当他们第一次踩在这陌生的土地上，第一次呼吸这异乡的空气，是激动？是欣慰？还是沉默？无论什么，他们都是被身后这片汪洋淘出的金子，中国人的勤俭，中国人的坚持，会和这个年轻国度的黄金一样遍地耀眼吗？

如今从旧金山码头到萨克拉门托河沿岸的黄金矿脉，驱车前往只要两个小时，但是在150多年前，华工们顶着刚从地狱逃生的疲惫，赶着马车还要跋涉两天两夜才能到达。理想和现实的差别从这一刻让所有人唏嘘，淘金，远没有听说的那么简单，那么容易。没有住所，只能以天为盖地为庐，几个人搭一个帐篷住在野外；身上破烂的衣服还是从家中带来的打满补丁的长袍，日复一日，年复一年。而淘金要站在齐膝深的冰冷的河水中不断地淘洗、筛选，经常一站就是一整天。重复单调的工作让华工们每天掰着手指过日子，他们无从知道谁家的孩子又嗷嗷待哺，谁家的老人又撒手人寰，思念每时每刻都纠结着一个个瑟瑟发抖的瘦弱的身躯。

无怨无悔的华工们硬是靠着自己的顽强坚持了下来，他们默默践行着这个古老民族的品德与骨气，与世无争。只是树欲静而风不止，不断拥入的华工严重触及了当地白人矿工的利益，妒火中烧的他们认为华工抢走了自己太多的机会，于是，一系列的报复行动展开了。爱尔兰白人矿工对华人矿工营地采取了极端行动，洗劫、打伤数百人，驱逐所有这些穿长袍、留发辫的异族；而加州政府从1850年起就不断颁布若干条对华工不平等的法规：例如额外上税、禁止加入美国籍和禁止华人出庭作证等等。低调却换不来长久的安宁，在道义和法律上得不到任何保证的华工是否只能选择在心里默念："I GO"？

巧合的是，在如今的北加州，真有一个叫作"I GO"的西部小镇，这就是当年淘金热潮留下的淘金小镇。是当地人为了纪念华工的不幸而命名的吗？在这个小镇唯一的一家商店里，挂着很多描述当年淘金场景的黑白照片，可是，却没有看到一张华人的面孔，连模糊的背景都没有。原来一直是我们在一厢情愿，这些华工和他们奋斗的历史一样，被遗忘在了岁月的尘埃中，杳无音信。

远渡重洋几万里，就是为了这廉价的尊严吗？就是为了苟且偷生活在夹缝中吗？要被别人记住，要让别人重新定义这群黑眼睛黄皮肤的中国人，他们没有屈服，他们把故乡赋予他们的智慧和力量彻底释放了出来，水深火热没有打倒他们，怒海狂澜没有摧毁他们，淬火中历练的坚忍，血泪中唤醒的勇敢，让异国绵延的群山，奔腾的河水都为之动容！

只要上天没有抛弃自己，华工们就不会放弃努力。即使环境如此恶劣，仍然掩饰不住破土而出的生机，金子在哪里都会发光发亮。在距离萨克拉门托东南方向大约100英里[①]的地方，有一处被欧洲矿工认为鸟不生蛋的贫瘠土地，可是当时被驱赶的华工却充分发挥自己的才智在这里开拓出了一条新的矿脉，随着华人的不断聚集，这里成了名副其实的"中国营地"，这种化腐朽为神奇的力量是多少日夜累积的委屈与倔强的释放啊！到了19世纪50年代，"中国营地"成了远近闻名的淘金地，华工们在奔腾不息的河流中不仅淘出了生的希望，更淘出了作为中国人在异国他乡最骄傲的本色。随着他们逐渐在那里站稳了脚跟，各类配套的杂货铺和小酒店应运而生，而小店里堆积的都是从中国运来的各种能让他们感觉到回到故乡的东西。从生存到生活，从被动到主动，华工们在这里生根发芽，开枝散叶。第一次，美国深夜的月光不再冰冷如水，而家的感觉却越来越浓。

美国著名作家马克·吐温曾经有幸在"中国营地"逗留了几个月之久，这位文坛巨匠也有了与中国劳工近距离接触的机会。每天，他都会在这里的小酒店等待华工们淘金归来，听他们讲在矿上发生的故事。后来，马克·吐温把当时听到的很多故事都写到了自己的小说之中，并且由衷地感叹过："他们平静、善良、温顺，很守规矩；在我看来，懒惰的中国人是不存在……"

阳月南飞雁，传闻至此回。我行殊未已，何日复归来。
江静潮初落，林昏瘴不开。明朝望乡处，应见陇头梅。

[①] 英制的长度单位，1英里=1.609344千米。

第三章 水漫金山，身在异乡

中国人用自己的意志书写着什么叫作天道酬勤。每一年，华工的人数都会翻倍，他们除了淘金，还无意间成了美国历史上一段传奇的注脚。时值美国内战爆发的非常之期，亚伯拉罕·林肯决心修建一条横跨美国东西部大陆的"太平洋铁路"，以此促进统一。1862年，太平洋铁路正式动工，然而好事多磨，铁路西段沿线高山峻岭、地形复杂、气候恶劣，这种非常人所能承受的艰苦的施工条件连让以健壮著称的白人劳工都吃不消，两年时间，西线铁路仅仅建设了不足50英里。此时伤透脑筋的工程承包商克劳克把目光集中在了他们并不熟悉的五邑华工身上，矮小单薄的身躯到底能不能成为这条生命线的"救火队员"呢？在一片质疑声中，克劳克留下了一句话："能修建万里长城的民族，当然也可以修铁路。"

长城，作为中华民族的图腾，代表的不仅仅是中国，更是所有华工的自尊和骄傲。在异国他乡建造另一条长城，他们能做到吗？从最初招入的50名华工踏上建筑工地的那一刻起，他们就用自己英勇的表现让所有人哑口无言。不过，与七年如一日的辛劳相比，随时随地面对死神的召唤才是无法避免的梦魇。他们用芦草编起一个个竹篮子，每个篮子里装着一两个华工，在无处立足的悬崖绝壁上开山凿石，有时还要在坚硬的岩石上钻孔、安装炸药、点火。每一天，都有二三十个人伤亡，或者直接葬身于漫天飘雪的山谷中。可最终这些都换不来丰厚的回报，他们每个月积攒的报酬，竟然还不够将一个人的遗骨运送回乡，这些无家可归的枯骨最后都埋入了义冢，永远也回不到他们来时的地方。有人说："每一英里铁路下面，就埋有一位华工的尸骨"，可前赴后继的华工依然默默奉献，如同一个个无声的道钉。血肉之躯，却创造了"日铺10英里"的世界铁路史上的奇迹。1869年5月10日，当四名华工打入最后一枚黄金制作的道钉时，总长约2800英里的太平洋铁路全线贯通。这比原计划14年的时间整整提前了7年，而华工，这个本应该被当作英雄的人群，却和"I GO"小镇中的黑白照片描述的场景一样，消失在了庆祝仪式的3000多名嘉宾中，遗忘在了他们亲手托起的巨龙尽头……

万里长城今犹在，不见当年秦始皇。

走出思绪的纷飞，我又置身于寂静的碉楼之中。原来，他们不是孤儿，原来，他们都是寄托。这些我已熟知的斑驳，就像曾经漂洋过海的祖辈们身上留下的伤疤和皱纹，饱经风霜的脸颊中依然是浓烈的化不开的思念。资本主义的繁华让华工们大开眼界，但并没有令他们乐不思蜀。他们明白自己从哪里来，金山银山，不及家乡亲人的一封书信，一段思念，离开时的决绝不代表义无反顾的逃脱，一旦有了积蓄和本钱，华工们第一个想到的就是万里之外的乡村和乡村里那些望眼欲穿的等待。在完成了一个土生土长的中国农民向一个海外华侨的转变之后，他们头脑中被先进文明熏陶后崭新的思维方式，引领着一股大洋之上的清风，逐渐敲开了开平大地长久封建紧闭的大门，绚丽的蜕变在悄无声息中慢慢改变着这里最传统的生活习惯。

而如雨后春笋般涌现的碉楼，无疑是这里面最醒目的一种改变。

当这些碉楼的主人们逐渐了解和接受了西方文明的华丽后，家乡贫瘠落后的场景无时无刻不沉重地敲打着他们的心扉,那离别之时的落魄与无奈仿佛如昨天发生一样历历在目。没有自上而下的动员,没有社会上层人士的统一规划,循序渐进,这些华侨们用一个中国最底层农民的眼光和几近文盲般的知识去观察,去吸收,去试图让故乡的土地上也同样洋溢出金山的炫目。

对待亲人,对待故土,"金山客"们不再像外面一般信奉节俭至上,而是慷慨解囊来改造旧村宅,规划建设新村落,并且纷纷兴建碉楼保护家人生命和财产的安全。当然,对于家乡的建设他们不单单是出钱,而且还提供外国建筑(尤其是西方古代建筑)的"普市卡"(即Postcard,明信片),并且对具体的造型样式提出自己的要求。开平的碉楼博物馆陈列着两套华侨早年从国外带回来的西方古建筑明信片:一套是葡萄牙的古建筑明信片,其中有一张就是世界著名的碉楼——贝伦塔。另一套为德国的古建筑明信片。也有个别华侨是自己从国外或香港直接带回设计图纸交给当地工匠作为施工的参考。应运而生的座座碉楼不知不觉间实现了"安得广厦千万间,大庇天下寒士俱欢颜"的理想,华侨们在外国经历苦难更让他们更懂得珍惜,为自己和家人创造美好的生活成了他们毕生的追求。不仅仅如此,那些荣归故里的华侨们的言谈举止,饮食衣着都成为家人邻里模仿的对象。开平乡村自治的平等、公开、公平原则,村落股份制管理模式,追求个性的价值观念等等精神和制度层面上的变化无疑也是这种改变结出的累累硕果。

远在大洋彼岸的华侨们也许看不到家人们的笑容,听不到亲人们的赞叹,体会不到因他们而发生的改变,但是对于自己的付出和坚持,从始至终，他们无怨无悔。这不是一种证明，不是一种炫耀，而是一种职责，一种使命，从踏出这一步的那天起，天高海阔，唯独不忘的是那一份牵挂，就像风筝的线，飞得再高再远，也有羁绊，也有归宿。碉楼之上的俯视，不是所有它的主人都曾领略过的，他们中的有些人，终其一生也没有机会再次回到这片故土，再次踏上家乡的土地。他们把自己的所思所想都寄托给了这片片碉楼：它们没有倾诉过一句话，但是已经道尽了沧海桑田；它们没有踏出过半步路，但是已经走遍了千村万落。开平碉楼是无数华侨的心血之作，他们精心雕琢着这一件件引以为傲的工艺品，用灵魂浇灌着它的成长，百年之后，容颜已逝，内心却依然不曾老去。金山之下，皓月当空，在华侨们延绵不绝的梦境中，碉楼化身为了一个个忠诚的守护天使，抹平创伤，安抚心灵。在他们的庇护下——天堂，不过如此；距离，咫尺天涯。

还记得小时候经常念到台湾著名诗人余光中的一首诗，叫《乡愁》：

小时候，乡愁是一枚小小的邮票，我在这头，母亲在那头；
长大后，乡愁是一张窄窄的船票，我在这头，新娘在那头；
后来呵，乡愁是一方矮矮的坟墓，我在外头，母亲在里头；
而现在，乡愁是一湾浅浅的海峡，台湾在这头，大陆在那头。

在诗人眼中，邮票、船票、坟墓和海峡都是维系着海外游子思乡之情的纽带，而开平华侨们的乡愁，怎么会是一湾浅浅的海峡就可以取代的？时代赋予了他们太多的改变，他们的一生因漂泊而延伸，又因牵挂而驻足。我想，如果他们懂得吟诵《乡愁》，一定会这样自白："而现在，乡愁是一座重重的碉楼，我在外头，世界在里头。"是啊，即使世界再大，没有情之所至，也是荒芜。而碉楼，保护的不仅是他们的至亲至爱，也是洗尽铅华之后，眼中至真至诚的世界！

恍惚间，我又想起了那个硕大的满载着财富的金山箱，归来时没有空空的行囊，这种骄傲无与伦比。我一直以为这里面是金山银山，是黄金财宝，可是不承想，金山箱盛的，却是一些再简单不过的随身用品和新奇事物。一个老乡曾对我说过，他的外祖父带回过两个箱子，里面最多的就是洋烛。老人行前听说，家乡没电，煤油也短缺，于是准备了够用好几年照明的蜡烛。至于其他的停留在每座碉楼中的金山箱，其内容据说有新旧衣服，鞋帽巾帜，杯碗叉匙，铜盆铁锅。中国人节俭惯了，到了海外也爱收藏旧物，在前赴后继的华侨们眼中，生活远比生存更让他们珍惜。当度过了饥寒交迫的岁月，积累了足够多的资本和财富后，他们没有丢掉骨子里的含蓄和谦卑，也没有人成为颐指气使的暴发户，躺在金山堆上千金散尽，止步不前。每走一步，华侨们都走得很踏实，过惯了苦日子，也体会到开眼看世界的渺小，他们早已变得宠辱不惊，唯有那份赤子之心，仍在心中激荡，影响着一代又一代的子孙们不媚外，不忘本。

为国为家，似乎已经成了印在所有华侨身上深深的烙印。从辛亥革命到抗日战争，华侨们不再仅限于对于家乡自给自足的温饱与满足，而是投身于历史的大潮之中，中流击水，浪遏飞舟。为了推翻清朝政权，孙中山组织了10次武装起义，所需经费几乎全靠华侨支持。为了筹备

1911年广州起义的经费，在开平华侨领袖司徒美堂的提议下，加拿大致公堂将多伦多、温哥华和维多利亚三所党部大楼典押出去。他们不仅是远方摇旗呐喊的支援者，不甘寂寞的五邑华侨们更是起义直接的参与者和领导者，其中就有开平华侨邓荫南和谢缵泰参与过指挥，开平籍著名华侨领袖司徒美堂、台山籍美国华侨马湘担任过孙中山警卫，出生入死，无数次将个人的安危置之度外。1941年12月8日，日军偷袭珍珠港，太平洋战争爆发。在美国的华侨坚决支持美国政府反击日寇，参军的华人超过1.3万人，占美国华人总数的17%。有1.5万华人海员在当时的同盟国美国和英国的船上服务。经过几代人的辛勤耕耘，不少华侨已经过上了较富裕的生活，年轻一辈也在当地接受到一定程度的高等教育，有些还掌握了飞行技术。在抗战爆发后，这些华侨子弟身怀飞行绝技，毅然回国抗击日本侵略者，当中有不少人加入了那支威震四海，令日寇闻风丧胆的"飞虎队"。陈纳德将军组织的"飞虎队"第14服务队有1300人，绝大多数正是从开平、台山、恩平等地赴美华侨华人的五邑后裔。

就是这些曾经站在淘金河中夜以继日的苦命人，却在未来的某一天变成了举起民族大义的英雄。当年，他们仅仅为了自己能活下去而拼搏，如今，却在革命的道路上义无反顾。"风萧萧兮易水寒，壮士一去兮不复还"，我相信，他们梦想的都是有朝一日荣归故里，解甲归田，只是历史赋予了他们新的使命，这条路，比淘金的路凶险百倍、千倍，许多人没有在漂泊中死去，却牺牲在了敌人的枪口下，倒在了他们本可以置身事外的十字路口。"飞虎队"当年鹰击长空之时，是否曾留意过家乡那拔地而起的碉楼？是否能感到家乡殷切的期盼？没有人知道，因

第三章 水漫金山，身在异乡

为他们身上与生俱来的华侨精神让彼此坚定的双眸中不再纠结儿女情长，他们要接过父辈的旗帜，在这片乌云密布的天空中书写新的奇迹，让阳光重新普照这片他们也许从未踏足，却魂牵梦绕的故土！

不知不觉间，开平碉楼的故事开始为世人所知。在人们眼中，它们不再是玛雅遗迹般的来无影去无踪，也不再是万里长城般的神龙见首不见尾。那些可敬的"金山伯"们，把毕生的心血灌注在了这片土地上，如果让他们重新选择，如果当时有选择的可能，他们还会远走他乡吗？历史没有给予他们选择的权利，只是，他们始终走的是一个圆，从起点到终点再回到起点，落叶归根，心之所向，构成了华侨们完整的生命循环。

偶然间读到一首巴金1933年写的随笔，叫《机器的诗》。据考证这是老人在游历过五邑侨乡之后，有感于散落在侨乡大地乡间田野的座座碉楼，和贯穿其间由华侨修建的新宁铁路而作的，其中有这么一段：

> 南国的风物的确有一种迷人的力量。在我的眼里一切都显出一种梦境般的美：那样茂盛的绿树，那样明亮的红土，那一块一块的稻田，那一堆一堆的房屋，还有明镜似的河水，高耸的碉楼。南国的乡村，虽然里面包含了不少的痛苦，但是表面上它们还是很平静，很美丽的……

这种痛苦和平静的交织，那些年的"金山客"们，最懂！

……

第四章　只缘身在此"楼"中

——那些等待，那些改变

金山客们的信念不仅点亮了异乡的夜空，也温暖了家乡的人心。从目送他们远去的那一刻，这些无法同行的亲人不知道自己等待的是一张历经风霜的面孔，抑或是一副冰冷的棺木。在留守的日子里，在空巢的煎熬中，生活不曾停止脚步，伴着碉楼的崛起，依赖的思念给了彼此勇气，也创造了故乡最惊艳的涅槃。

没有你/世界寸步难行/我困在原地/任回忆凝集黑夜里/祈求黎明快来临/只有你/给我温暖晨曦走到思念的尽头我终于相信/没有你的世界/爱都无法给予忧伤反复纠缠/我无法躲闪/心中有个声音/总在呼喊你快回来/我一人承受不来/你快回来/生命因你而精彩/你快回来/把我的思念带回来/别让我的心空如大海……

第四章 只缘身在此"楼"中

耳机中始终单曲循环着孙楠的这首《你快回来》，当我睁开眼，旅行车已经把我带到了一个格外神秘的村落旁。说它是村落都觉得牵强，长不过800米，宽不过600米，流水将这里隔成田野阡陌中的一座小岛，高大的老树和穿插其间的藤蔓又构成一道10米左右厚度的绿墙，看不出一点象征村落的标志。按照路人的指引，走过一条杂草丛生的小径，便进入了这个仿佛早已与世隔绝的村落。在村口，分左右两条小路深入村庄，两边都被铺天盖地的藤蔓掩蔽着。在左边，有两个让人眼前一亮的景观：一个是两棵高达40多米的硕大木棉树，已屹立近百年；另一个则让人不由得想起世界另一角神迹般的吴哥窟庙和那株蟠龙卧顶、毫不客气地耸立在庙宇之上的老妖树！最前面的一栋古宅被这棵粗壮的榕树霸道地穿墙入室，各个房间被侵蚀得支离破碎。每个路过的人都会在这里驻足良久，这样的场景只有在原始森林的纪录片中才能看到。右边是一片宽阔的百科园，一条若隐若现的羊肠曲径引你步步深入村中。

附近的老人告诉我，这片村落有一个很写实的名字：无人村。

一股寒气涌上心头，光听这个名字就有些心惊。这时正巧遇上一群从周边村落跑到这里来玩耍的小孩，这群小孩大概已经来回不下数次了，对于村里的地形构造了如指掌，大多在前面一处角落玩耍，不一会儿又钻过墙洞，溜到后面的空地打闹。调皮的小孩们还故意躲在丛林中发出各种稀奇古怪的声音，尤其是当我一个人小心翼翼地走着，或者正专心致志地寻找岁月留痕的时候，冷不丁会被这些恶作剧所惊到；在朦胧月色下，村前的鱼塘里，水草和芦苇时时还会阵阵抖动，发出"嘎嘎嘎"的响声，再加上不时有只大老鼠或野猫从我旁边蹿出来，追逐树上并排低鸣的乌鸦，都会把毫无心理准备的我吓出一身冷汗。这里的住宅大多都是两层的青砖或水泥木板房，户与户之间的距离很窄，仅仅可容纳一个大人穿行。住宅大厅前面没有正门，左右侧各开一个门口出入，特别的是家家户户都有安放大型神台，身处悄无声息的大厅中，令人毛骨悚然。

"这里真适合拍一部恐怖片。"我感叹道。这片村子的人都去了哪里？不是像玛雅遗迹那样瞬间蒸发了吧？寻问的结果让我恍然大悟：原来这里也曾经人丁兴旺过。无人村在120多年前就开始有人烟，住过58户人家，是甄、伍两姓的"天堂"，其中甄姓人家占了90%。20世纪20年代，就在那阵出海寻金山的浪潮中，村子里的青壮年们相继到西方国家淘金。到新中国初期，村里只剩下十多户人家。当年的"土改"又加速了这些留守户的出走，陆续分布在美国、英国、加拿大、澳大利亚、新加坡等30多个国家，以及我国的香港与地区。到了1997年，村里只有两三户人家居住。白天，这里听不到外面半点喧嚣。到了晚上，这几户人家大门紧闭，村里时不时响起似人似畜的惨叫、悲鸣和啜泣，使人辗转难眠，不寒而栗。空荡荡的村庄使剩下的人家倍感孤寂的恐惧，他们也终于狠心舍弃这些破旧的祖屋，义无反顾地去找寻下一站的归宿。

就这样，村子被彻底遗弃了，成了名副其实的无人村，无声无息，杳无人踪，岁月的灰烬滴落。尘封多年，林中到处长满了树木、杂草、藤蔓和荆棘，100多种植物由于多年无人打理，疯狂地"见缝插针"，遮天蔽日，将整个村隐藏起来。在村中行走，我必须小心地拨开挡住视线和小路的植物，或许和在大森林中跋涉探险没有什么两样。特别是村前遗弃已久的鱼塘里，露出水面的芦苇和枯草不时阵阵抖动，发出窸窸窣窣的怪异的响声，令人毛骨悚然。此时此刻，我们已经感受不到当年那些欢笑和辛劳了，天然的穹庐把这里包围了起来，隔绝于世，从此只留下荒芜，只留下碎片，那无法言状的悲凉，有谁明白？

前不见古人，后不见来者。念天地之悠悠，独怆然而涕下。

这种出走，在我看来也许只是时间的问题，这或许就是一种宿命的必然吧？有一种孤独，从他们的家人登船的那一刻起，就再也挥之不去了。当时的金山伯们只身前往异乡，却无法带走他们身边的女人、孩子和老人，苛刻的排华政策，拒绝了女子出国的奢望，同时也不允许金山伯们与当地人通婚。压抑的人性在现实面前低头，但传宗接代的祖训不能违抗，于是，无数的牛郎织女在这里重现，银河两头，一面遥望一面幽怨。如果你觉得这种说法还有一丝浪漫的情怀的话，那么你错了，即使后来熬过了时间的考验，最终迎来了期盼已久的改变，短暂的风光背后，不变的依然是人去楼空的绝望和度日如年的麻木，绵绵无期。金山伯们的妻子被叫作"金山婆"，他们的命运往往身不由己。有些金山伯在出发之前已经定下了婚约，许诺挣到了钱就立刻回乡把他的金山婆娶过门。但是他们也许很清楚，这些承诺有时只是一串美丽的谎言，谁能保证在漂泊中不被风浪击倒？谁能保证在寻梦中不被金山诱惑？那年的码头，那年送别的目光，无论闪耀着多么期许的坚定，在日复一日的等待中，注定黯淡，注定辛酸。眼看着婚期将至，自己的未婚夫仍然杳无音讯，这些背负着道德伦常的金山婆们往往难以承受世俗的压力。在大婚那天，按照惯例，有人会从家里拎出来一只大公鸡拜堂成亲，就当作是代替新郎过门的仪式！这样的女子在那里叫作"守生寡"，有的人幸运地等来了迟来的华侨，而有的人，终其一生，都在郁郁寡欢中等待着和她们连洞房都没有完成的丈夫……

如果可能，她们一定会去寻找自己的牛郎，即使千山万水。可是她们的背后还有一个家，一个她们的男人临走之前托付给她们的家！她们只有选择默默背负起所有照顾家人的责任。没有自己的骨肉，就抱养一个孩子，这样的孩子被当地人称为"螟蛉子"，他们也许一辈子都不会见到自己的父亲，只是被一个个守望的家族当作传承血脉的寄托。对于每一个甚至连她们的丈夫未曾谋面的开平妇女来说，这迟来的母爱也许并不纯粹，但是对于这些坚强却又脆弱的女人来说，一个孩子会带来多少梦寐以求的慰藉啊！还有家里的老人和各式烦琐的家务，我想，她们宁愿忙一点，忙得没有时间去思念，这样才会更舒服一点。可是当夜深人静之时，能有谁来安慰她们，能有谁来倾听她们，她们可以为人女为人母，但是为人妻的幸福她们连一天都没有体验过，那个越来越模糊的身影撕扯着心里最后的防线，决堤的泪水没有一天不在这深夜里流下，可即使流下再多，远方的他真的能借着异乡的月亮看到这让人心碎的倒影吗？可叹，花自飘零水自流。

寻寻觅觅，冷冷清清，凄凄惨惨戚戚。乍暖还寒时候，最难将息。三杯两盏淡酒，怎敌他、晚来风急！雁过也，正伤心，却是旧时相识。　满地黄花堆积，憔悴损，如今有谁堪摘？守着窗儿，独自怎生得黑！梧桐更兼细雨，到黄昏、点点滴滴。这次第，怎一个愁字了得！

不知怎么的，此情此景让我格外熟悉，而且格外刺眼，深有感触，李清照的《声声慢》倏地冒上心头。我忽然想到了前几天看到的那些报道，以及报道中那个令人难忘的群体——留守儿童！多么相似的背景，多么相似的时代悲剧啊。留守儿童的父母同样是为了家计、为了追求城市中那些霓虹包裹下的金山而无奈舍弃了家里的亲人，这一走，也许并不会像金山伯们那样生死未卜，崎岖坎坷，可是他们给孩子留下的一样是空缺的亲情和望眼欲穿的等待。"爸爸妈妈，我可以到你们家玩吗？"就这样一句天真的呼唤曾经让多少人动容啊！他们还那么小，人生的十字路口中就这样无助地在迷茫中摸索着，担当着，成长着。我们无力指责任何人，就像当年远渡重洋的人们，我们可以愤怒于他们的无情吗？我们可以唾弃他们的不归吗？时代赋予了人们太多无法逆转的困境，没有答案，没有对错，没有退路。在侨乡广袤的土地上，有人选择留守，有人选择离开，但我相信，他们的心都一定属于这里，忠诚于这里，只是这份爱太深太沉，生命中那些无法承受之重对于任何一个始终信仰它的人来说，都显得太过残酷！

"无人村！"忽然发现，我太感性了，这里的空荡并不代表着遗弃，反而是对人类历史最真实的记忆，对生命和生活最执着的尊重和向往。

　　好险！差一点,这里就颠覆了我的幻想；差一点,这里就终止了我的追寻。因为我始终不相信,身为华侨背后最坚强的精神支柱,身为流淌着生生不息的奋斗血液的中国人,这些留守的质朴的亲人们全都会如此轻易绝尘而去,都会如此任由时光摆布——我真的忽略了什么重要的线索吗？

　　走出了充满羁绊的密林,一片刺眼阳光重新映入眼帘,被眼前的寂寥压抑的心才逐渐舒缓开来。我抬起不知不觉紧缩的眉头,极目望去,忽然,它的身影又一次出现在了我的眼前——碉楼,那高高的碉楼。啊,原来是它,蓦然回首,我的心结竟被它一语道破！不言而喻,无人村缺少的就是这高耸的碉楼！为什么无人继续留守,为什么亲人无处寄托,那正是因为这一栋栋守护天使们忘记了向这里洒下微笑,向这里注入希望！

　　一瞬间,迷茫烟消云散,我像挣脱了樊笼的飞鸟,迫不及待地想去寻找真正的家园。不是为了安慰刚刚自己寂寥的感伤,而是为了去见证那些华侨英雄背后同样伟大的人,那些没有在等待中沉沦,在留守中逃避,却仍然跳动着、挥洒着、创造着和改变着的人！

　　有时候,人往往比自己想象中的丰富得多,坚强得多。就像这些留守的人们,悲伤之后,黎明来临,他们一边撷取着久违的金色阳光,一边在无意间充当了这个满目疮痍的古老民族开眼看世界的弄潮儿！

　　远渡重洋的华侨们经历了最初地狱般的开拓阶段,终于迎来了一睹金山真容的机遇。时间转回到20世纪初期的美国,从1914年至1918年爆发的第一次世界大战开始,这个年轻的国家就一步步通过在战争中兜售军火积累财富,而巨额的战争赔款更不断加速着它的崛起。在战火中满身疲态的欧洲各国眼睁睁地看着美国一点点壮大成为第一大经济国,纽约也取代伦敦成了世界金融中心,连它邻国的加拿大都进入到了经济发展的黄金时期。在这样蒸蒸日上的大环境下,在异乡打拼的开平华侨同样受益良多,收入水涨船高,梦寐以求的理想照进了现实。

而此时,"衣锦还乡"的迫切感觉在被生活压抑了很久之后,前所未有地强烈!

当美国人准备建造帝国大厦的时候,在那里发迹的华工们却带着血汗钱返回家乡,携带着防匪防洪的欧洲古堡任其在岭南大地上复兴。"买地、盖楼、娶老婆"无疑成了这些有幸回乡的金山客们最标准的生活范本。多少年来,这些辛苦打拼的华侨们最大的愿望就是亲人安好,家族兴盛,这些等待的痛苦都在一座座随之拔地而起的碉楼中悄然而逝。他们一掷千金,让这些建筑在自己的故土上印下金山的投影,多么完美的回归,多么荣耀的纪念,在隔海相望的岁月里,彼此都坚持到了团圆的那一天。泪水和迷茫曾经浇灌了一代人的成长,他们留守的人生是憧憬于长辈口口相传勾勒出的远方的富庶和崭新,从未见过的希望却能指引着金色的方向,因为这一切不是空,不是梦,而是在若干年之后的今天化成了这片片碉楼下仰望的眼神,如此崇拜,如此坚定。

我决定不再迟疑,心之所向,就是走向那片碉楼,走向这片涅槃的土地,用百年之后同样崇拜的仰望,去还原那些改变,去重温那些我们并不熟知,却念念不忘的故事。

说到成片成规模的碉楼群，塘口镇的自力村当之无愧。从无人村出来，收拾好心情，便马不停蹄地继续踏上寻找的旅程。还没到碉楼跟前，就已经被沿途的风景所吸引：好一幅阳春烟景田园诗意般的农耕水墨画！这里包含了开平碉楼值得赞叹的所有元素：水塘、荷塘、稻田、榕树和散落其间的草地，当然，如果少了那依旧灰白、依旧醒目的碉楼，它就失去了一半的魅力。遥相呼应的碉楼骄傲地耸立着，一如它最初的样子和气质，虽然这些天一直有它的陪伴，但是每一次见到它们还是油然生出一种新鲜感，恰如佳酿，历久弥香，也许它们不曾改变，改变的只是旅途中善变的心情。除了平添了一些斑驳和沧桑感，时间仿佛是静止的，没有刻下一丝一毫过气的痕迹，我们是该感慨保护的给力还是该惊叹于那个年代无与伦比的超前智慧呢？

穿过绿树修竹直入村内，面对林林总总差不多十几座建筑，我借了一本指南来决定方向：原来这里一共有9座碉楼和6座庐，分别是龙胜楼、养闲别墅、居安楼、耀光别墅、云幻楼、竹林楼、振安楼、铭石楼、逸农楼以及安庐、球安居庐、叶生居庐、官生居庐、谰生居庐、湛庐。"原来它在这里！"读着这份长长的名单，我的目光忽然兴奋地停留在了一个早已耳闻的碉楼大名上——铭石楼！在电影中，这座楼就是片中南国一霸黄四郎的府邸，其中有一段经典台词让我难忘：汤师爷第一次看到这座碉楼，就由衷地赞叹道："竹林掩映，碉楼耸立，易守难攻，万夫莫开啊。"简单的几句描述构成了我对这座神奇的碉楼最初的印象——好，就是它了，出发！

如果说电影中铭石楼的雄伟还会让人怀疑是特效的精细，那么当我

第四章 只缘身在此"楼"中

跨过一片低洼的河塘，走近它的身边时，才发现这碉楼根本不需要什么后期的修饰和包装，它本身就是一件巧夺天工的艺术品！据说，铭石楼始建于1925年，楼高6层，是自力村最高的碉楼。与其他同伴一样，墙面上镶嵌的铁窗早已锈迹斑斑，随着墙体流下来的铁水依稀可见，但是每一扇窗都保持了敞开的姿态，没有变形，没有断裂，整齐有致，蔚为壮观。除了这些狭窄的铁窗，当然还有一扇厚厚的铁门，庄严地注视着每一个进出的人们，它与这些四面环绕的铁窗构成了一个完整的防护网，肃穆庄重。之所以让碉楼始终带着一副战斗的面具，散发出幽幽古堡特有的神秘和雄浑，正是出于这些碉楼肩负的那些使命。匪患猖獗的乱世，这里只能以冷血的面孔来恐吓无时无刻不潜伏的威胁。夜晚来临，贪婪的眼睛在黑暗中觊觎着这些海外华侨们积累的财富，碉楼的出现才会让亲人们恐慌的心安定了下来，这种魄力和忠诚，绵延了近百年，从未消逝。

穿过大门直接走进一楼的客厅，眼前突然一亮。铭石楼别有洞天，刚强的外表下，竟然隐藏着一颗如此温婉的内心！乱世之下，它包裹的还是岭南风格的精致生活：客厅正中吊着一盏煤油吊灯，两旁则是精美的中式雕花红木家具，做工精细，光彩依旧。墙上一排五彩玻璃构成的屏风为这份古朴增添了些许生机，每块或翠绿或深蓝的玻璃中都镶嵌着名人诗词或扇形水墨画，无不流露出主人风雅的格调。一只古老的落地座钟静静地立在靠近门口的一旁，像一位仆人一样忠实地记录着铭石楼里那些流逝的光阴。而最醒目的，还是客厅正对大门的墙壁上高高悬挂的四幅人像照片，这四幅照片嵌在同一个红木相框里，相框内边沿是常见的中式镂空雕饰，花鸟的图案栩栩如生。就是它，讲述了这座碉楼中曾经发生的故事。在居中的一幅照片中，一个东方的面孔映入眼帘，他西装革履，一副标准的西方绅士行头。这位"海归"就是旅居美国的华侨，也是这座碉楼真正的主人——方润文。

方润文从小就出生在这里，小时候家里很穷，缺田少地，只好随着漂泊的人群到美国去挣钱。他先在旧金山打工，接着在纽约附近做生意，后来又去了芝加哥。经商致富后，他不忘本，亲自回乡前前后后共花费十多万两银圆盖起了眼前的这座铭石楼。从那以后，这座寄托了他心血和希望的碉楼就成了方家世代最好的图腾。时至今日，他的后人都已经移居海外，方润文的孙子方元亨和孙女方瑶珍都先后归乡祭祖，两位老人无一例外都选择了重登铭石楼，也许，这里有他们最美好的童年回忆，在他们眼里，这座碉楼不只是爷爷留给他们的祖屋，也是一个护佑着他们一路长大成人的朋友。

方润文在完成了归国华侨"三步曲"的前两步后，也按捺不住寂寞继续后面的最后一步。他先后娶了三房太太，他们共同在铭石楼中度过了许许多多欢乐安逸的时光，不知道多少次，方润文与三位美丽的太太或是徜徉在春日的花园里，或是流连于黄昏的绚丽中，人生如此，夫复何求。不用想也知道，这剩下的三幅照片，就是主人深爱的三位太太留下的倩影。方润文照片的左边是大太太吴氏的照片，吴氏穿着一件清式对襟绣花长袖衣，从外貌就能看出是他的原配，俨然一位循规蹈矩、持家有方的中国妇女。吴氏的左边是二太太梁氏，梁氏是香港人，穿一件短袖的碎花旗袍，戴着眼镜，梳着民国时女子流行的卷曲发式，一看就知道是一位受过良好教育的知识女性。而最后一位太太的照片在方润文的右边——杨氏，来自美国，是一位中法的混血儿。照片里的杨氏年轻漂亮，与前两位太太形成了鲜明的对比，穿着时尚的连衣裙，显得非常摩登，神采飞扬。三位太太的不同仿佛记录了方润文打拼一生的改变，从乡村到城市，从中国到世界，随着眼界的开阔，他逐渐脱离了封建社会的束缚，按照自己的审美观去寻找另一半，东方和西方的融合体现在了他为人处世的方方面面，华侨们的思维里拥抱了世界，也为故乡播下了创新的火种。

作别了对主人的追忆，我继续往二楼攀登。打开楼层间窗户旁边的机关，窗子的铁柱居然可以一根一根地拆下来，这并不是年久失修的腐败，而是有意为之。因为设计之初考虑到，如果遇到水灾，可以从这里坐船逃生。而且，铭石楼一至四层每层都有厨房，如果碉楼底下一层被水淹了，可以方便快速逃到上一层，继续生火做饭。

当我正在纳闷有些中式装修过于单调的时候，一个新的世界终于在这铭石楼的第三层展开了。眼前的每一处点缀，每一处器件都让我目瞪口呆，如果不是对"西风东渐"的历史略有了解，我一定会以为这是当代的闲人狗尾续貂的败笔，然而，这看似附庸风雅的场景不是什么刻意的装潢，而是一种八十多年前，在侨乡开平流行的、开放的、真实存在的生活方式。如果我可以穿越到那个时代，我会无比惊讶身在此楼中的人们，惊讶于他们对这种生活的淡定，惊讶于他们对这种文化的包容，怎么会如此顺理成章，水到渠成？别忘了，这还仅仅是民国之初的边陲村落，是什么力量在源源不断地推动着这片远离政治中心，却又超前于时代步伐的土地完成那最华丽的转变？

在大厅里，一座来自美国进口的留声机像一朵喇叭花，静静地盛开在窗前暗红色的桌子上，旁边还躺着一沓泛黄的英文版《芝加哥日报》。一旁的摇椅似乎还在光影里微微摇晃，也许是主人在等待太太化妆的过程中，百无聊赖地躺在摇椅上闭目听完一段"唧唧——呀呀——"的粤曲，又习惯性地拿起那份报纸浏览着世界的资讯。太太妆毕，主人转身到卧室取了黑礼帽，脸上洋溢着骄傲的微笑，不一会儿，他就已经挽着盛装打扮的太太，迈着轻快的步子，沿着楼梯飞旋而去了……而在旁边的一间卧室里，岭南红木质地的梳妆台上，进口的法国香水瓶、口红盒、旁氏面霜瓶等一字排开，是哪位太太还在对着铜镜子梳妆打扮呢吧？台下一对是纤纤玉足穿过的绣花鞋，随时等待着太太的归来。不止这些，还有德国的落地钟、意大利的彩色玻璃、日本的首饰盒和法国的纯银茶具等等——这哪里是东方田园的农耕生活，分明就是如今享受小资情调的翻版！我还听说，说英文竟也在当时变成一种时髦，你能想象得到自己身处在20世纪初的中国乡村，迎面走来的大叔对你大声喊着"Hello"，闯祸的孩子红着脸对你说一声"Sorry"时的情景吗？太不真实了是吗？可你不得不对它信服，这一切的发生一如承载着它的碉楼，静默低调，悄然无声。当很多开平以外的中国人连世界都区分不清的时候，他们却把世界带到了身边，融入了生活，怎能不让人惊叹，怎能不让人羡慕？

在房间的一个角落，我又看到了那个气派的大木箱——金山箱。第一次看到它的时候没有机会打开它，可现在不需要了，眼前的一切不就是这个潘多拉的宝盒带来的魔法吗——侨乡因它而改变！

华侨们的归来确实让这里面貌一新，不只是他们带来的"舶来品"，例如西餐盘甚至是烤牛排的餐具，更多的还是他们本身已经被西化的行为方式和生活习惯。男人们穿皮鞋、抽雪茄、喝咖啡；女人们则涂口红、喷香水、穿丝袜，除了在侨乡，试问还有哪里可以一下子接触到如此多的新潮，如此丰富的世界文化？早在《开平县志·习尚》里就有生动的记载："衣服重番装，饮食重西餐"，"婚姻讲自由，拜跪改鞠躬"，"至于日用一切物品，无不竞用外洋高价之货。就中妇人衣服，尤极华丽，高裤革履，五色彩线，尤为光煌夺目。甚至村中农丁，且有衣服鞋袜俱穿而牵牛耕种者"。

"风同欧美，盛媲唐虞"，这样的楼联随处可见，开平人对自己的改变欢欣鼓舞。在他们眼中，曾经的创伤和离别仿佛一夜之间烟消云散，将要迎接的，是如盛唐一般的开放和华美，生活变了，变得有滋有味，当年不远万里寻找的金山就是这样的场景吧？苦难并没有磨灭开平人热爱生活的天性，他们默默坚持呢，等待着，还有很多梦没做，还有很多明天要走。终于，在碉楼里，在团聚中，在创新后，生活选择了对他们报以最灿烂的微笑，这些可爱的普通百姓没有畏惧差异，没有拒绝改变，在生活的细节中用心体会着点点滴滴的不同和美好。或许，他们只是单纯地更加信任自己归国的亲人，他们相信历经苦楚的奋斗者一定会更加热爱，更加珍惜生活，而他们带来的新生活的内涵，也一定会是金山上最神圣的福音！

不知是有意还是无意，碉楼的建造从一开始就是一个矛盾的集合体，从第一层到第四层，外部的构造始终坚持的就是拒人于千里之外的保守和孤傲，而内部即使有了这些舶来品的点缀，主体依旧是岭南古朴的原生态家居风格。你以为这些就是铭石楼的全部了吗？你以为这些就能撑起所有不绝于耳的赞叹了吗？当我好奇地登上碉楼的最后两层时，一道明媚的阳光划过我的脸颊，闪晕了我的双眼，仿佛刚从幽暗的洞穴中重返人间。而眼前出现的场景，让我分明看到了一个截然不同的世界，一处华侨们最引以为傲的点睛之笔，有了它们的降临，开平碉楼的独一无二才展现地如此淋漓尽致。

那一瞬间，我似乎穿越了时空，回到了古罗马、古希腊的文明摇篮，徜徉于地中海的湛蓝之中，中世纪的黑暗与希望在纠结中向我袭来——我是在哪里？我是在惊扰谁的美梦吗？

就像一个人，身体里也许同时住着天使和魔鬼，外向和内向都是他性格的某一面。从第五层开始，如火的热情取代了海水般的冷静，改变得异常突兀，碉楼再也不愿意只露出严肃的伪装，它要秀出自己与众不同的另一面！这一层是方润文祭供祖先的地方，它从狭窄的铁窗中挣脱了出来，屋子外面拥抱的是一个宽敞开放的柱廊，廊柱由八根爱奥尼克式柱子支撑，上面的浮雕是典型的罗马风格，敞廊里的角落里存放着很多石块，据说是用作投掷围袭的匪寇。铭石楼的第六层，也是这座碉楼最高的一层，集中了我们能看到的最显眼最华丽的装束。一个硕大的天台让我的视野一下子打开了。四周平台围着一圈整齐的罗马栏杆，前面正中雕刻着巴洛克曲线的红色山花，成了稍显暗淡的碉楼仅有的几种色彩。它的下方，就是刻有"铭石楼"三个大字的牌匾，字体挺拔，经历了岁月的侵蚀，苍劲依旧。而置于天台顶端的，是一座造型极为雅致的六角凉亭，凉亭用六根罗马风格的石柱与券拱相连，尖部是中式的六角攒尖的琉璃瓦亭顶，中西方最经典的建筑相映成趣。天台四周四角还筑有突出楼体的半圆形角堡——"燕子窝"，在中国传统的观念里，燕子在谁家的屋檐下筑巢，谁家就会被带来福气。不过这些燕子窝不仅仅是华而不实的摆设，而是用来掩护架枪的枪眼，是居高临下的专用防御设施。碉楼把它的内敛和丰富做到了极致，凉亭下风月的浪漫，乱世中机智的警觉，都在这里不断上演。生存和生活，一个在当时似乎鱼和熊掌的选择，就这样在华侨们勾勒的图纸上，在轻描淡写的拼图中成就了建筑史上的佳话，也赋予了那段历史值得玩味的注脚。

站在铭石楼的天台上，扶着那排本不该属于这里的石柱，放眼眺望，远远近近的几座碉楼清晰地跃入眼帘，同一片天空下，这些碉楼给人一种强烈的非现实感。它矛盾的外表，它矛盾的内心，它矛盾的过去和未来，一次次冲击着我的想象。在低矮的村落身旁，它们带来了变革的春风，在中国近代的发展史上，这里并不起眼，甚至被人遗忘，但是在改革开放之风吹醒了整个中华大地之前的那些岁月里，这里的人们已经用自己的身体力行诠释了这个伟大的命题，它们的改变应该被铭记，应该被褒奖。

我不知道是什么原因让方润文选择了这样一种方式离开：在20世纪如火如荼的60年代，某一天并不平静的凌晨时分，他亲手阖上了那扇厚厚的大铁门，携带着全家老小悄然离开了这座他挚爱的铭石楼，重新远赴他乡，关于他和铭石楼的故事就这样被封存。有一种爱叫放手，主人的遗弃没有成为碉楼背叛的理由，它像一位战士，忠贞不贰，牢牢驻守着家乡，固执地等待着它与主人未尽的缘分。只是如今繁华已尽，我只能用零星的幻想来拼接那时楼中的人、楼中的物和楼中的往事。

临走之前，我不停回头张望这座华美的碉楼，心里前所未有地踏实，不时想起发生在这里面的改变，还是心潮澎湃——他们在书写历史，可是自己却浑然不知，只是为追求最单纯的幸福！

回来的路上，我又看到很多居庐的身影，其中有一座庐门前张贴的楼联吸引了我的注意，凑近了才能辨别出斑驳的字眼，它是这么写的：

事业惊人华盛顿
英雄盖世拿破仑

我又一次被震惊了，侨乡人与世界的同步让他们的眼界突破了狭隘的农耕社会，已经懂得走出国门，去尝试了解西方世界的人和事了。当镇宅辟邪的门神由钟馗变为拿破仑，由秦琼变成华盛顿，这种对于新鲜事物的崇拜和信任就不仅仅是昙花一现，而是融化进骨子里的信仰了。鲁迅笔下苦心营造的"拿来主义"，穿过时间隧道，在这里找到了久违的知音。

阿爸离家乡挣钱把家养，去到金山挨凄凉，挂心肠，金山入梦乡，梦里不是金山样，梦见阿爸泪沾裳……

不止一次听到这首开平当年流行的童谣。当所有人都在感谢华侨们归来时镌刻的荣耀和财富时，其实他们最应该感谢的还是自己，有时候，最悲哀的不是等不到期望中的金山，而是等到了金山却早已失去了坚持的信念和改变的勇气。而他们没有，这是一群身在楼中、心系天下的草根，在原本贫瘠的土地上孜孜不倦地打造出属于自己的舞台。留守激发了无言的斗志，碉楼塑造了隐忍的坚强，这里的日日夜夜，分分秒秒，都不是静止的，而是交织着等待与改变的悸动。

这是一群最可爱的人！

第五章　梦里花落知多少

——游园惊梦的怀想

人生一世，多少人渴望白头偕老的美满，多少人向往执子之手的浪漫。在开平碉楼的重重环抱下，一座为爱而生、为情而动的园林如天使般降临，这里少了枕戈待旦的肃然，多了花前月下的温婉。多少年过去，梦已醒，心未寒，踏着萋萋芳草，那些曾经因爱点缀的缘分，被我们一一触动，在游园惊梦的故事里珍藏着点滴记忆，倾诉着似水流年。

几天下来的游历，虽然双脚稍稍感觉有一些疲累，但却没让我的精神有丝毫的倦意。只是，在耸立的碉楼之间穿梭，虽然尽兴，心底却还总觉得缺少点什么。巍峨的高山固然可敬，可灵动的溪水更让人爱怜，在这片已经充满饱经风霜的土地上，是否还能找到一片净土，一舒心中的宁静？"在康河的柔波里，我甘心做一条水草"，心灵的归宿不一定惊天动地，也可以是一丝温柔，直指心中最柔软的情愫。在开平，在风

第五章 梦里花落知多少

雨过后，爱情也姗姗来迟，却忽然发现，有这么一个地方，让她驻足，令她回眸。这里有绿草如茵，也有人去楼空；这里有欢歌笑语，也有潸然泪下，这一切都像四季一样交织着，循环着。它的名字，每一个到过开平的人都不会忘记——立园！

从自力村的碉楼群里出来没多远就可以来到这让人心驰神往的岭南园林。许多人第一次听说它，往往不是因为它的本名，而是它的雅号，"小观园"。我们可以想象，园林主人当年品读着《红楼梦》时，眼中流露出的是多么难以掩饰的惊叹与羡慕啊，大观园里的一草一木，一花一石都构成了他心中梦想的天堂，他把这份感情深深注入到了自己亲手打造的家园中，在岭南土地上移植那北方园林的同时，也似乎冥冥之中移植了《红楼梦》大观园内分分合合的喜与悲。对于大观园的畅想，金陵十二钗中的李纨曾留下过这样一段诗词：

> 秀水明山抱复回，风流文采胜蓬莱。
> 绿裁歌扇迷芳草，红衬湘裙舞落梅。
> 珠玉自应传盛世，神仙何幸下瑶台。
> 名园一自邀游赏，未许凡人到此来。

仙境一般的大观园是否能把它的神韵投射到开平的立园之中？而那位园林主人在如此相似的梦境中又演绎着怎样属于自己的红楼之梦呢？游园，从一开始就充满了莫名的期待。

很远处就能看到正门上方悬挂着的那两个柔中带刚的大字——"立

园"，而这个名字，不出所料，就取自于这个园林的主人，一位有着传奇故事的旅美华侨，谢维立。1926年，年近40岁的谢维立携妻带子衣锦还乡，购地开始兴建立园。虽然成长于美国的唐人街，可是家教严格的他自小就对建筑、诗词、书画都颇有研究，深谙中西文化的精髓，因而大到立园的整体规划，小到园中的诗对、题词等都是聘请当时最负盛名的行家里手精制而成的。为了方便出门，谢维立斥巨资开挖了一条长近20公里、宽11米的小运河，将立园与潭江相接。立园建造期间，不少建材就是利用小运河运输的。1936年，谢维立梦想中的私人花园终于真真切切地展现在了他的眼前，这一天，仿佛浓缩了他半生的心路历程，甜蜜、心酸、感动、回忆、畅想，五味杂陈的情愫都化为了眼前小桥，流水，人家的意境，如果哪位仙逝的诗人可以有幸降临园中，也许只是徜徉片刻，却又不知会吟诵出多少流传千古的绝句！

其实，立园的特别来自它时刻散发出来的"绝世而独立"的时代气息。当顺德的清晖园、佛山的梁园、番禺的余荫山房和东莞的可园四大古典林园撑起了岭南园林的一片天空时，立园没有做一个徒劳的追赶者，而是另辟蹊径，带出了这片天空下绝美的一丝晚霞。和那些碉楼的建造一样，华侨们带来了新鲜的异域风情，传统园艺的自然，江南水乡的秀丽在西方经典建筑的映衬下，不仅没有失色，反而成就了画龙点睛的妙笔，用水墨画的留白感受油彩的浓烈，立园刻下了主人游走于中西方世界的从容，那些亭台楼阁仿佛也换下了千年的羞涩与矜持，翩翩起舞，引吭高歌。

只是，谢维立并不是一个单纯来炫耀自己留洋荣耀的俗人，儒道之下的信奉，道德礼仪的恪守，让他心中的这座园林不会流于西洋镜般的纷杂，而是散发着对于传统，对于古典园林那种天人合一的境界最初的执着。立园之"立"，除了出自主人的名字，也代表了一份"立树立人"的内涵。谢维立从小就对一句古训念念不忘——"十年树木，百年树人"，他把对于人和树、人和自然的理解深埋在了自己幼小的心中，对于有着岭南基因的他来说，无树不成园，回归故土，不也是回归于自然的怀抱吗？而立园中，最多的不是鬼斧神工的楼阁，而是树，"树"与"立"，天作之合！苍劲的木棉，婀娜的凤凰，风骨铮铮的香梅，高风亮节的修竹，绿荫如盖的桂木，缠绵的花藤……我如数家珍地辨别着每一棵树。对于来自北方的我，有一种树吸引了我的眼球，那就是棕榈树。棕榈树是园中栽植最多最密的树，而且大多是成双成对，显赫地对称地立在正门的两旁和主干道的两边，极少单独种植。这些棕榈树经过近百年的风吹雨打，树干已经相当粗糙，可始终高昂挺拔，绝无旁枝，绝无弯曲，依然生气盎然。它一定是从主人的身上看到了一种坦荡和正直，才会如此心悦诚服地矗立着、守护着，就连那个身旁的"立"字，它也早已铭记于心了吧？

身处立园之中，视野出乎意料的好，完全没有苏州园林那种一叶障目不见泰山的迷离之感。整个园林被潺潺流过的人工河或高低不一的围墙分隔为别墅区、大花园和小花园三个独立的区域，其间没有蜿蜒的小径，而都是笔直且宽阔的道路。谢维立从西方领会了纽约中央公园"园中园"的思想，景中有景，一马平川的景色已经脱离了曾经重叠的假山和埋铺的石阶，让人眼前不觉为之一亮。不知他是不是也知道唐人一句关于园林景致的设想："青峰瞰门，绿水周舍，长廊步履，幽径寻真，景变序迁……"中国园林的整体感和融合性没有轻易被遗弃，立园中的临水亭榭和绵延的通天回廊充当了最自然的纽带，把这三块景区连成一体，让每一处景观循序渐进，环环相扣，一步一景的体验无须追找，俯首即是。立园之"立"就是这样纯粹。古典中国园林的曲径通幽不是它追求的全部，远离政治中心培养了这里自由叛逆的气质，在岭南的大地上不再需要犹抱琵琶的逶迤，华丽的骈文终究不是现实际遇的归宿，当出世入世的纷繁与纠结在传统的江南园林中衍生出诗性的意境时，在开平，在这个中西方文明不断碰撞出火花的中国乡村里，一切竟变得如此简单，如此挺立，中式的自然在西式的规整的几何图形中，反而更加醒目，更加直接。谢维立和那些漂泊半生的金山客们不会追求太多的诗情画意，他们更接近生活的本质，更满足于现实的温馨，而衣锦还乡的自豪感怎么会隐藏在迷幻般的园林中？他们迫切地展示着时代的骄傲，对于这些游子来说，诗词歌赋只是点缀，传统风景只是致敬，骨子里，他们想给家乡带去清新的变革之风，带去有别于虚荣浮华之外最真实的"立家立身"之园！

即使是开平的园林，也少不了碉楼和居庐的身影。刚进入到园林的别墅区，六栋中西合璧的别墅就一字展现在了我的眼前，黄墙绿瓦的楼身，飞檐斗拱的楼顶，中国的宫殿风韵之中也透着西式古典的恢宏。其中的两座从名字到艺术感都仿佛孪生兄弟一般，"泮立楼"和"泮文楼"，这里寄托了主人对于父亲谢圣泮和兄长谢维文的思念，也是他与自己的妻儿们起居生活的中心，有他们相伴的日子，才是尽享天伦的美满。室内同样是一派高雅和华丽，厅堂装饰着屏风壁画、红木台椅、水晶宫灯、花架书橱、西方壁炉和湘绣潮雕。和铭石楼一样，这里也承载了谢维立眼中被打开的世界，除了像壁画中"刘备三顾草庐"抑或"六国大封相"流露出的古色古香，更多的是时代赋予的新鲜，让人叹为观止。

这些楼中还封存着这样一段故事。1932年夏季的一天，雷雨交加，突然电光一闪，随着震耳欲聋的一声巨响，泮立楼的楼顶瓦面被雷击毁了一角。所幸的是人和楼内物件平安无事。后来，挚友带着一位风水先生来探望谢维立，说起雷击泮立楼之事，这位先生掐指一算，说立园对面虎山的神虎邪威未敛，要想园内人丁兴旺，百邪不侵，平安无事，一定要建一对宝塔。谢维立先生受西方思想影响，从来不信鬼神，但是为了给朋友个面子，同时想到建塔可使园林增添景致，就接受了这个建议。于是在小河对岸的园林先是增加了一个水池，继而在池中建了一个小型的宝塔，而它的外形，偏偏就来自西湖之上的雷峰塔。

风水先生解释说："阴阳五行中，相生相克。雷属火，而金克木，水克火，所以塔的周围要有水，有水则安。还有，此塔取昔日水漫金山寺的创意。法海和尚建雷峰塔镇住青蛇和白蛇。行雷闪电，电为金蛇，金生丽水，相克相生，此塔可镇住金蛇，今后就可保立园平安。不过，此塔应该是鸳鸯塔，一共两个，以镇住宅区和园林区的邪气。可惜今年流年不宜双建，且先建一塔，到过了一个甲子年，即六十年后再建第二个……"当时人们都不在意，六十年后谁知道又是什么世界呀？

但是神奇的故事还在继续。到了新世纪后，开平市政府和楼主的后代取得共识，开始开发立园景点。在新建西面园林景区时，工程人员从对称美的角度开发，又增建了一个款式大小和原塔相同的新塔。村里的老年人见了，都纷纷想起了六十年前风水先生说过的那番话，连连称奇，难道冥冥中真有如此的巧合？——风水先生说过，鸳鸯塔建成之日，就是立园兴旺发达之时。而今天，立园已经成了全国独一无二的华侨园林景点，闻名遐迩，吸引了很多像我这样的游人。风水先生的预言竟然一语成谶，谢维立在天之灵不知作何感慨……

在它们旁边，还矗立着一座典型的开平碉楼，名叫乐天楼，一样的威严，一样的显眼，矗立在这红花绿叶包围之中的园林，登高放眼，立园的全貌尽收眼底。虽然早已失去了防匪防洪的作用，但是给人带来的还是那踏实的安全感。在碉楼的最顶层，高高地刻着两句这样的话："乐郊乐土，天视天听"，这不就是凝结着谢维立家园之梦的"乐天"所在吗？

"碉楼啊，真是哪里都少不了你的身影……"我暗自笑道，竟如老朋友般心照不宣。

忽然，我留意到，在这一排房屋之前，有一座雕像，走进才发现，这正是市政府为立园主人谢维立建造的雕塑。塑像中的他静静地坐在椅子上，手中拿着一把折扇，稍稍弓着背，栩栩如生，也许他的每一天都是这样悠然地度过的。顺着他望向前方深邃的目光，我猜不出他在注视什么，想念什么，但是却发现，那并不犀利的双眸中似乎并不全是落叶归根、纵情山水的安逸与满足，反而不时散发出一种与此情此景极不相称的遗憾与落寞，举目之间，眺望的或许不是身旁的湖光山色，而是这

第五章 梦里花落知多少

一路走来深埋心底的缅怀。

这种缅怀,被立园的盛景包围着,掩饰着,仿佛已不愿再提起。可是世间最难斩断的就是情思,直到我拨开花红柳绿的簇拥,漫步到立园最深处的那一处塔式别墅前,我才似乎懂得了一些谢维立眼神中的那份不舍与期盼,立园的一草一木,一楼一户,原来都是爱的见证。

这座别墅有一个特别的名字,叫作"毓培",取自谭玉英的乳名。让人好奇的是,毓培别墅从建成后的第一天开始就从未被人居住过,只有谢维立一人方能出入此楼。在他的眼中,这里是立园最私人的空间,也是他心中最后的纪念。

十年生死两茫茫,不思量,自难忘。千里孤坟,无处话凄凉。
纵使相逢应不识,尘满面,鬓如霜。
夜来幽梦忽还乡,小轩窗,正梳妆。相顾无言,惟有泪千行。
料得年年肠断处,明月夜,短松冈。

假如谢维立某一天可以有幸在历史长河中与苏轼神交,他会多么感叹知音的难得,眼前之人吟诵的这首悼念亡妻的绝笔不正是他多年来爱妻之情最真切的写照吗?一生中与之相知相识相伴的四位太太就像这立园中茂盛的枝叶,在四季交替的变迁中岁岁枯荣,那些因缘际会的巧合,那些生离死别的无奈,在谢维立的心里翻转着,沉淀着,萦绕在立园之中,谱写出一曲惊天动地的不朽恋歌!

本来,谢维立的感情之路应该一帆风顺,平淡无奇,因为性情善良的他并不像旧时有钱人家的公子哥一般风流成性、处处留情,他始终相信自己读过的一句话——"愿得一心人,白首不相离"。当他在美国大学进修的时候,爱情终于眷顾了这个风华正茂的年轻人。司徒氏,这个与谢维立志趣相投的美籍华人成了他的第一任妻子,婚后的日子两人也相敬如宾、琴瑟和鸣,很快就有了爱情的结晶,羡煞旁人。在谢维立心中,这就是他梦想中的爱情,他宁愿与这个女人在立园中共度一生,过着只羡鸳鸯不羡仙的生活。只是世事难料,天妒人意,司徒氏不幸患上了严重的精神病,遍寻名医都无济于事,不久便撒手人寰。突如其来的一切彻底击垮了这个坚强的男人,他忽然之间就像一个丢了魂的躯壳。那些日子,立园的天是灰色的,水是冰冷的,花是凋零的,多少次,他都想马上离开这个伤心之地,曾经相许一生的承诺只留下了一声回响,在空荡的园林中飘荡,消逝。

有情皓月怜孤影,无赖闲花照独眠。

也不知道过了多久,谢维立才慢慢从亡妻的悲痛中走了出来,只是,他仍然选择了孑然一身,即使有很多容貌出众的女子投怀送抱,他也不为所动,全身心投入到了自己的生意上,心无旁骛。有些伤口,即使表面看起来早已痊愈,可是每每触动,还会隐隐作痛。还有谁可以重新走进这个男人的心,为他心中灰暗的立园注入久违的色彩?

寂寥之时,谢维立会和友人在立园内的人工河上泛舟、捕鱼。一日,落霞时分,友人捕到一条硕大的红鲤,约有半人高。随行的人都说，晚上可以开一桌鲤鱼宴了。那鲤鱼跳跃不止，周身通红，最奇怪的是，鱼的眼角竟不断有水渗出，谢维立大惊，马上让友人放生。"我看到了鲤鱼的眼泪，真的……"他自言自语道。友人极不情愿地将大鲤鱼放回水中。那鲤鱼再次跃起，仿佛在向谢维立感恩，一转身已不见了踪影。

也许是思念已经成了一种习惯，谢维立对一切的感伤都显得如此敏感。当晚，他居然做了一个梦。在梦中，有个清新脱俗的女子正向他微笑，只是他始终没有看清楚女子的脸，隐约中只有一个模糊的轮廓。晚霞之下，她的身上闪烁着一片红色的光芒，与那条被放生的大鲤鱼一模一样的红色。会是她吗？会是她来看我了吗？似梦似幻……

有时候，我们感叹梦的真实，它仿佛能预见未来。有人说，这是一种人与人，人与世界之间的感应，如果你梦到了，也许缘分就近了。

离立园不远的赤坎镇，有一座古老的江南桥，横跨潭江。有一天，一个叫谭玉英的本地女子正在江南桥上行走，不知何故，桥突然断了。她听到一个声音在说：断桥，断桥。谭玉英正想往后退，但是来不及了，就在落水的一刹那，一双大手拽住了她。她看不清那人的脸，却分明能看到那是一双男人的手，正有力地握着她的一双纤纤玉手。谭玉英拼命地挣扎、挣扎……一声尖叫之后，她醒了，原来这只是一个梦。多么奇怪的梦！第二天一早，好奇的谭玉英就迫不及待来到江南桥上，一切安然无恙。潭江水仍然汩汩东流，不停不歇。谭玉英想着昨夜的梦，神情恍惚，若有所思。这时，天空忽然下起了雨，她竟浑然不觉。

恰巧，刚从亲戚家出来的谢维立正路过江南桥，"这雨说下就下啊，还好我带伞了。"暗自庆幸的他刚刚踏上桥面，忽然发现桥上有一个身穿红色旗袍的女子站在雨中，怅然若失，那个女子就是谭玉英。"下这么大雨怎么还在那里不走啊"，善良的谢维立没有多想，马上跑了上去，用自己的油纸伞全部遮在了谭玉英的头上。才回过神来的谭玉英愣了一下，缓缓地转过头来，不经意间，正碰上谢维立那惊呆了一般的眼神，一瞬间，四目相对，在彼此眼中，那份陌生又熟悉的感觉喷薄而出！

"真像……真像啊……"谢维立的眼中已经很久没有闪烁过这样的光芒了——这不就是梦中那个对我微笑的女子吗？此时的他早就失去了谦谦君子的矜持，痴迷地望着眼前的这个如诗如画一般的女子：清秀的鹅蛋脸，水灵的丹凤眼，玲珑窈窕的身段，就像一株出水芙蓉般在谢维立的心中摇曳，荡漾起一波波的涟漪。这种感觉恍若隔世，在为亡妻紧闭的心门外，天使降临了，没有一丝征兆，没有一点准备，就这样在这个飘雨的石桥上邂逅了！谭玉英也早已被谢维立炽热的眼神融化了，但是她只是羞涩地低下头，推开油纸伞，带着脸颊上的绯红跑进了雨中。直到谭玉英的身影消失在了尽头，谢维立才如梦方醒，他释然了，自己心中的立园又要开始绽放缤纷了！

一见钟情的缘分重新点燃了谢维立心中对爱的渴望。他当即托人速速去查探谭玉英的身世。原来，她也是当地一位老板的千金，年方十八，赤坎人氏，为人乖巧，精通刺绣，知书达理，擅长吟诗作对，是一位在方圆十里出了名的才女。那天之后，谭玉英同样对眼前气宇轩昂的谢维立心生爱慕，在知道了他与亡妻的过往之后，更加义无反顾嫁给了他。"如此用情专一的人,才配做我的夫君……"就这样,郎情妾意,才子佳人,谢维立和谭玉英的立园之恋如童话故事般上演了。

从此,立园的每一个角落都留下了这对神仙眷侣爱的音符。在连接小花园与别墅区之间的河道上有一座弯弯的跨虹桥,南北相跨。在桥的中间匠心独运得建造了一座亭子,亭高两层,琉璃瓦顶,石米墙身,四周种满果树香花,早晚都香气飘飘。这座亭子叫作"晚香亭",由于题字的晚清书法家吴道镕先生把"晚"字书写成既可读"晚"又可读"晓"的字体,所以旭日东升时为"晓香亭",夕阳西下时为"晚香亭",情趣盎然。就在这座临水的亭榭中,谢维立和谭玉英不知多少次缠绵于花前月下,应着流淌而过的河水抚琴击缶,向着高升的明月吟诗作对。

犹记得那一天,才子佳人登上晚香亭,观赏夜景。谢维立诗兴大发,建议以立园为题,吟联作对。他吟出的上联是"立马湖山萍入画",而有才女美称的谭玉英也欣然地应对了下联"园中风月雅而诗"。"对得好联!"谢维立竖起了大拇指,情意绵绵地说:"我知道你喜爱读《爱莲说》,钟情于莲花,我家的庄园楼台水榭、假山亭园什么都有,独缺了口荷塘,你对的下联点醒了我这个梦中人,我一定要在小花园旁边建一口池塘,种上荷花,那时,你就可'春游清草地,夏赏绿荷池'了。"谭玉英高兴地回应道:"还有,我俩还是'荷塘共赏月,莲池赞花香'呢。"谢维立笑道:"荷塘建成后,我就夜夜陪你到塘边吟诵'水陆草木之花,可爱者甚蕃……独爱莲出淤泥而不染',好不好?"谭玉英斜倚在谢维立怀里,柔情地笑道:"夫君真是善解人意……"

而如今在立园大门的南侧，就有一口荷塘，如荷叶状，十八棵迎风摇曳的柳树环绕着它——这不就是那一夜谢维立轻轻的承诺吗？当年的梦境串联了两人的鹊桥相会，那些如胶似漆的甜蜜瞬间，那些夫唱妇随的爱情佳话，留给了后人多少遐想的空间啊！

直到有一天，收到旅居国外的年迈父亲的召唤，自己家族的事业必须有人来继承，谢维立才依依不舍地告别了当时已经怀有身孕的爱妻，只身前往美国掌管大局。临行前，他深情地安慰谭玉英："好好保重身体，在我们的孩子降临之前，我一定会赶回来，然后我们就一同去美国……"玉英含泪不停着点着头，善解人意的她不会成为自己丈夫的羁绊，即使立园只剩下形单影只的自己，她也愿意独自承受。自从谢维立出国后，每到立园的黄昏之时，谭玉英都会信步来到晚香亭内，对着月光弹奏一曲凄婉的《郎归晚》，一直到深夜。那声音如泣如诉，幽怨悲凉，每到动情处她都不觉潸然泪下，因为每一句都唱出了她的心声。而万里之遥的另一端，谢维立同样深深思念着玉英，他定期从美国寄来的一封封满怀情思的书信，都被谭玉英放入一个亲手缝制的信袋里，那是一个长方形绢质信袋，粉红色，上面绣有四个繁体字：鸿雁传书。

命运又一次给谢维立开了一个天大的玩笑，这一次，两人之间的鸿雁断了，断得如此彻底，在一个风雨交加的夜晚，谭玉英因难产而死，年仅十九岁的她香消玉殒于这多情的立园之中。没有人知道远在大洋彼岸的谢维立第一时间听到这个噩耗时的神情，但那一定是人世间最复杂最悲怆的写照。是我命犯天煞孤星吗？是我做错了什么事受到的报应吗？为什么让我遇见，却又要让我离别？为什么幸福总是如此短暂，如此残忍？谢维立心中太多百转千回的不解纠缠着他，只是，再也没有心上人可以倾诉，往后度日如年的煎熬，他该怎样承受……

再次凝望谢维立的雕塑，我忽然明白了他眼中那份若有若无的落寞，立园既是他的骄傲，也是他的情殇，满园春色到头来只剩孤芳自赏的寂寥，那些期许，那些遗憾，穿越近百年的沧桑，历久弥新。

从故事中醒来，眼前的毓培别墅竟变得如此生动起来。细细端详它，每一处都精致得玲珑剔透。临水而筑的小楼从每个角度看都有不一样的风景：正面看是两层，侧面看是三层半，实际上却有四层。楼顶是中国仿古重檐式的小亭子，四层建筑的构型，无论是仿中国古典式，日本寝式，抑或是意大利藏式、罗马宫廷式，层层相扣，毫无突兀的感觉，翠绿的琉璃瓦衬托着墙身的素雅，在阳光的照射下，熠熠生辉。在别墅并不宽敞的内部，彩色的意大利石磨镶在每个厅、房正中，每层地面都精心选用一组用四颗"红心"连在一起的圆形图案，显得格外醒目和温馨，也象征着园主与四位夫人心心相印。

这四颗爱心让毓培别墅所有的陈设都拥有了生命的质感，心心相印的情怀在小屋中蔓延开来。那幅谭玉英的彩色画像，那个她亲手绣制的花荷包，还有那件丈夫送给她的真丝礼服，恰如昨日重现，睹物思人。这是一间只属于园主人自己的精神家园，谢维立用这座简约精巧的别墅来纪念自己的爱妻，来珍藏她在立园中、在他心中挥之不去的音容笑貌。

晚亭夜寂自有琴棋助雅兴
幽室秋深还待书画伴遐思

  这是谭玉英留在小屋墙上的一副对联，思念从来就剪不断、理还乱。如果谢维立能早一些回来，如果时间能再慢一点，也许结局就会完全不同了。临别之际，他们彼此的梦中是否仍能出现一如当初相识般的感应，只是如此，谁又舍得轻易让对方消失在眼中呢？

  曾经，谢维立以为他手中的立园可以隔绝世俗的侵扰，可以凌驾宿命的轮回，但是当一颗颗流星划过，红颜薄命的悲剧还是在继续上演，一幕又一幕，一次比一次刻骨，一次比一次铭心。谢维立一定听过父辈在海上与死神搏命的传奇，他相信人定胜天，只是这背后付出的代价，太大太大。"曾经在幽幽暗暗反反复复中追问，才知道平平淡淡才是真。"如果可以选择，他会放下所有的事业与羁绊，与玉英双宿双栖，悉心照料她吗？他后悔过无法在她闭眼之前守在榻前安抚破碎的心灵吗？如果他可以选择，他不会在人去楼空之后才建造什么华丽异常的别墅，他渴求的，是一生充盈在整个立园中的欢声笑语，而不是难以挽回的无言。这到底是一次过错，还是一次错过？无论怎样，这一段凄美的立园之恋还是画下了句点，后人能做的，只有登上这座毓培别墅的顶楼，遥望天际，在幽幽的轻叹中放飞对于爱情亘古不变的遐想。

  离开毓培别墅，也暂别了凄美的爱情。隔水相望的地方，有一处山坡，但在我的眼中，那起伏的轮廓，分明就是一只仰天长啸的猛虎，威风凛凛地盯着立园中的一切。人们都管它叫作"虎山"。如果不是一条

第五章 梦里花落知多少

运河横亘其间，立园似乎真要被这虎视眈眈的威严打破长久的安逸和宁静了。按照风水学的说法，这不是什么好的兆头，作为生意人的谢维立当然不会允许这样的威胁存在。他虽然不迷信，但是中国建筑观念中对于风水的笃信，谢维立心知肚明，他必须充当一回打虎英雄，让立园高枕无忧，让自己前途无虞。很快，两只花岗岩的镇宅石狮出现在了离虎山最近的立园牌坊的两侧，让这个本来古色古香、气派不凡的绿瓦吊檐牌坊陡增了几分肃穆。但这还不能让谢维立完全放心，在风水先生的一再建议下，他最终决定再立两根"打虎鞭"来压阵。从德国途经香港，后装船运至这里，两根高达20米的钢制圆形风水柱在同一处隔岸相对的地方立了起来，直挺挺地注视着远处的虎山，气势非凡，蔚为壮观。立园的后顾之忧解除了，它真正拥有了自己的"定海神针"。当谢维立的事业从此开始蒸蒸日上时，是否还会有人想起"打虎鞭"的神奇，想起他赋予立园和他的主人这种"偏向虎山行"的勇气呢？

在立园的天空下，有人看楼宇，有人看风景，有人看故事，拂过的每一阵风都卷带着花海的芬芳，漫步于各式造型的小花园中，连那些透过枝枝蔓蔓的缝隙洒下的斑斑光点，都显得格外温柔。立园也有一个"鸟巢"，仿古罗马式的顶层，配上剪纸窗花式雕镂的窗子围绕，一个栩栩如生的花鸟笼展现在眼前，鸟语花香的意境，让立园的幽静不再单调。它的邻居是一个叫"花藤亭"的空壳建筑，从上到下，从里到外都像一个细密的编织盒子，盒子内还镶嵌着一个养鱼池，空灵却不空洞。让人着迷的是，在亭子的四角分别缠绕着代表春夏秋冬的藤木花卉，姿态各异，择时而开。在主人的构想中，立园的365天里不会出现凋谢的衰败，只有交替和变幻的风景——时间和四季，总会找到借口在这里驻足，在这里流连。

> 立园的情和景，不是用来看，而是用来品；
> 立园的气和魂，不是用来说，而是用来习。

在我心中，为立园画龙点睛的是临摹在大花园牌坊两侧的这样两副对联：

> 立身清洁求高士
> 处世仁慈是善人

> 修行笃厚能持己
> 立志图强自达人

那一代的华侨们对家对国的依恋和信仰伴随着他们的一生，立园的繁花似锦并不是简单纯粹的堆砌风景，而是国家、是故土在自己的精神世界中刻下的深深烙印。很难想象，我们今天看到的立园，其实还不是谢维立心中最完美的那一个，遗憾，同样构成了立园萦绕心间的感伤。在他的蓝图里，立园大花园后面一直就计划建一座学校，让族中子弟个个能受到良好的教育，振兴事业，报效国家，成为社会栋梁。但是身处那个抗战时期，日寇的枪炮声使得这个梦想终究变得遥遥无期，谢维立

第五章　梦里花落知多少

郁郁而终了。假如这座学校可以如期而至,那立园除了"十年树木",真的会种下"百年树人"的希望了。这残缺的一笔,和那些凄婉的爱情故事一样,为立园的风骨中注入了人性的真诚,没有曲高和寡的优越感,没有故弄玄虚的神秘感,立园的世界因为有了这些遗憾反而成就了许多佳话。梦里花落知多少,飘落在立园中的,都是沉甸甸的爱,这种爱,细腻而又博大!

2001年9月的一天,一艘轮船在开平码头缓缓靠岸,从船上走下来一位步履蹒跚的老妇人,满头银发,在众人的搀扶和簇拥下,她走一段就会朝着立园的方向频频凝视,眼中尽是久违的渴望这位老人不是别人,正是已经85岁高龄的归国华侨余瑶琼女士——谢维立的三太太,也是这座园林最后的见证者,而现在立园得到政府的修葺和维护,也是得益于她的深明大义,诚意委托!当年如果没有她,心灰意冷的谢维立还不知何时才能重新振作起来。如今,天人永隔,回到立园,就等于回到了他们曾经的家,曾经最幸福的天堂。

来到立园,一切熟悉却又陌生,修整一新的园区再一次焕发出了光彩,欣慰和感激爬上了老人模糊的双眸。坐在轮椅上的余瑶琼深情地望着别墅前那尊谢维立先生的雕像,许久许久,无数的感慨涌上心头,泪水早已流遍心田。世界上最遥远的距离不是天涯海角,而是我站在你面前,你却再也听不到我说爱你……"你走了31年了,今天在故乡又见了面,咱们合一张影吧……"说完这些,她艰难地走下轮椅,挪到雕像的一角斜靠着,身旁的子女们立刻拍下了这张意味深长的合影。而这张照片,也完成了老人最后的夙愿,2003年5月,余瑶琼在美国芝加哥与世长辞,走得了无牵挂。

这一别,他们又可以在另一个地方相知相守了。

立园的迷离下,似乎哪里都有梦境,那些深情的对望,那些纠缠的曲折,那些毕生的遗憾,因梦而生,为梦而真。走在游园惊梦的时光隧道中,我宁愿永远不醒……

第六章　柳暗花明又一村
——探访"世界上最美的村落"

中国是一个出隐士的地方，无论是"采菊东篱下，悠然见南山"的洒脱，还是"疏影横斜水清浅，暗香浮动月黄昏"的清幽，都是被一方水土庇佑的灵魂，他们的独立和自由，与周围隐秘的环境相交相融，也不知是谁成就了谁的境界。世界上最美的不是风景，而是人心，他们隐匿的只是我们遗失许久的纯真。隐士们从不肯放弃寻找世外桃源的神话，在他们眼中，曲径通幽处是归宿，也是重生。就如置身开平的竹林深处，能在一片原始村落的自然中找回自我，何乐而不为？

晋太元中，武陵人捕鱼为业。缘溪行，忘路之远近。忽逢桃花林，夹岸数百步，中无杂树，芳草鲜美，落英缤纷，渔人甚异之。复前行，欲穷其林。林尽水源，便得一山，山有小口，仿佛若有光，便舍船，从口入。初极狭，才通人，复行数十步，豁然开朗。土地平旷，屋舍俨然，有良田、美池、桑竹之属。阡陌交通，鸡犬相闻。其中往来种作，男女衣着，悉如外人。黄发垂髫，并怡然自乐……

如果要用一段奇文来体现中国隐士的理想，非五柳先生的这篇《桃花源记》莫属。乱世的纷扰造就了他们对精神世界的终极追求，现实达不到，就出世；宫廷太黑暗，就远走。当每一颗曾经意气风发的心被折磨到无路可退时，另一种声音便来召唤。那里也许是曾经他们发迹的起点，也许是曾经游历之路上的一个短暂的流连。假如一切安好，他们只会把这些自由的灵魂束之高阁而去徜徉于花花世界的精彩之中，可是"我本将心托明月，奈何明月照沟渠"，理想主义的幻想与身边的猥琐相距甚远，害怕、彷徨、思索占据了自己的内心。于是，回归成了唯一的解脱，回到梦开始的地方，回到摇曳生姿的大自然中，寄情于无限的山水之中。不承想，一道新的大门就这样被打开了，他们惊讶、感动、释然，却不知，其实此情此景一直就在这里，一直就在心中，从未离去……

走在开平的乡间小道上，我也一度萌生隐士的念想，不过很快就会一笑了之。尤其当我畅游过繁花似锦的立园，感受过当年中西合璧的结晶后，心中的那份悸动仍久久不能平静。归国华侨片砖块瓦之间流露出的骄傲与豪气，激荡在开平的上空，这是一种压抑多年的释放，在异国他乡的屈辱和忽略中充当了多久的"隐士"，无人关注，如何再会继续

第六章　柳暗花明又一村

沉默下去？甚至，有些自以为是的人开始鄙视原始的农耕生活，他们实在不能理解古人笔下的桃花源竟然是如此落后的情景，而他们在风雨漂泊中想要摆脱的也正是这样低级单调的生活——隐士？是什么附庸风雅的古人在自娱自乐吧！

可是，有多少人只有经历过才会明白：隐士之"隐"，不只在于表，而是在乎心！心"隐"了，世界就大了。

我之所以会这样想，是因为这依山傍水之间，内心仿佛总是在被什么莫名的意境所吸引。在碉楼的环抱中，哪里可以为隐士提供桃花源的踪迹？哪里可以为浮华的心找到宁静的港湾？山那边，密林深处，若隐若现地出现一片村落，如果不是我有心，很难发现它的存在。于是，寻找的旅程上又出现了一处驿站，那个被誉为"世界上最美的村落"——马降龙！中间的"降"字在这里读作jiàng，是根据本地人的方言发音而定的。只是，当我听说了这个奇怪名字的由来后，会觉得另一个音才更接近它的本意。

这是一片坐落于开平市百合镇的传统村庄群，建村之初，这一带为河滩地，原名叫"丰岁朗"，寓意岁岁丰收。1949年后才更名为"马降龙"。关于这个名字的由来有两种说法：一是村后有一座形似蜈蚣的山，叫"百足山"，百足即蜈蚣，当地人也把它当作龙的象征，而在岭南的神话中，龙须用马来降服。二是马降龙一带常有水患，特别是潭江发大水时更为灾害，而水常化龙，同样需要马的降服。有了这样应时应景的理由，"马降龙"的诞生顺理成章，村民们朴素的祈福尽在其中。这个别致的称呼，本应该很容易让这片紧邻开平碉楼的村落被人铭记，被人瞩目，可是恰恰相反，这里好像养在深闺无人识，游人稀少，从来不见蜂拥的人群。它每天都是独自望着妖娆的立园、壮观的自力村抑或络绎不绝穿梭于碉楼之间的人群，平静而又淡然，在它心中，没有羡慕和嫉妒，似乎只是永远在等待着真正属于它、珍惜它、欣赏它的"隐士"们……

进村的唯一通道是一座桥，百合大桥，对于这个隐秘的村落来说，一座桥的尽头总是充满了无限的想象。沿着这座灰白色的，还不怎么陈旧的大桥漫步，脚下就是清澈见底的潭江水，一江春水向东流的意境徐徐展开，江风拂面，神清气爽，呼吸竟变成了一种享受，习惯了浑浊的城市气息，还真有点受宠若惊。这些日子，哪里都是潭江的倩影，它不怒不争，低调地流淌，很多纷争和敏感，都被轻易地、温柔地隔开。潭江水像一条围巾环绕着、呵护着它的儿女们，把所有的温暖传递到桥的尽头，而把寒冷和凛冽挡在了桃源之外。波光粼粼的江面拉伸着摇曳的倒影，映着蓝天白云，勾勒着镜子中的魔幻。我忍不住捡起一片碎石，嗖一声打着水漂向江面掷去，"一、二、三"，欢快的石子只跳跃了三下就投入了江水的怀抱，再没有激起半点涟漪，平静依旧，任谁也不忍心侵扰。这时，远处隐隐约约飘来一片轻舟，蜿蜒前行，看不清船上的面孔，也不知是游人还是渔民，也不知是启程还是归途……

陶醉差一点让我忘记了前进——马降龙，你真的不担心会被门前的美色横刀夺爱吗？你真的可以包容那些隐士梦寐以求的归宿吗？答案就在前方，就在脚下！

离马降龙村越近，反而感觉和它距离越远。因为直到大桥的端头，

第六章 柳暗花明又一村

我还是无法一览村庄的全貌,它就像一个神龙见首不见尾的仙岛,你以为已身在其中、尽在掌握,其实往往稍纵即逝。眼前只是深绿丛林般的树海,掩映着间隙之间的斑驳,一进村,我便毫无缘由地被这密林所吞噬,随风摆动的枝叶,不知是对我迎接的舞蹈还是委婉的谢绝。

拨开枝枝蔓蔓的羁绊,沿着古朴的小道寻觅,马降龙村落第一次揭开了自己神秘的面纱,羞涩地出现在了我的眼前。尽管还在犹抱琵琶半遮面,但是视野一下子就变得开阔起来,绵延修长的百足山脚下,一座座原始的岭南民居本分地排列在一起,尖顶的瓦砾,与被岁月冲刷过的灰白的墙体相得益彰,那些半开半闭极具民国特色的窗户,清一色地镶嵌着井字格的防盗网,犹如一只只好奇的眼睛,用纯真打量着这个似乎永远没有改变过的世界。马降龙村落是由永安、南安、河东、庆临和龙江五个自然村组成,与传奇中的桃花源不同,这里只有人间的美景,流淌着的都是人间的往事,触手可及,雅俗共赏。它的建立最早可以追溯到清朝乾隆年间,由黄、关两姓家族牵头,逐渐落地生根,开枝散叶,一直持续到民国初年。

我一直只想找到一条宽敞的好走的正路去细细品味留在村屋上的年轮,可是偏偏难以如愿,除了村口的那段稍显开阔的水泥马路外,村与村,屋与屋之间,近在咫尺却如雾里看花,完全被一层叠一层的绿色所笼罩,每一条婉转曲折的小径,都是迷宫的入口,那种神秘的吸引力,让我不断涌起寻宝的冲动。走在这些小路中,我的眼睛已经慢慢习惯了同一种颜色的渲染,要不是这绿色绿得层次分明,而且还为我留下一丝丝指路的阳光,我还真担心当我走出来时会不会是另外一个世界呢?偶尔一些不堪重负垂下的芭蕉叶，霸道地伸出一只手横在路中间，让我不得不轻轻拨开它或者侧身低头而过，留下这寂静中难得的摇曳声在身后回响。

穿过枝叶围成的隧道，路也渐渐明亮起来。忽然，我被一块还不及膝盖高的小石板挡住了去路，绕到它的正面才发现，这是一块村民们祭祀神灵的牌位，上面竖直写着一溜汉字——"大将神位"，字的顶端画着一个八卦图，而左右两个角上分别挂着一串祭祀用的花环，虽然短小却肃穆。离它不到一步的地方还搭建了一个和它一般高的小石屋，只留出一面门虚位以待，好像在企盼神的驻留。看来当地人还是很迷信很传统，类似这样对神灵的敬畏之地，我还发现了好几处，像"玄武神位"之类的，都设在路中央，有些牌位前的香火还未燃尽，徐徐的烟气飘忽在古老的屋前，也不知是谁刚刚在这里祈福过。

或许是被这种气氛感染，我也煞有介事地在神位前拜了一拜，希望它保佑我的寻宝之旅不要空手而归。又绕过了一片树林，隐隐约约从树的间隙中终于看到了村屋的一角，"看来祭拜还真灵啊……"我一边暗自庆幸一边加快了脚步。出现在我眼前的是一排青砖修葺的岭南民居，只是好几户都有生满了铁锈的铁将军把门，让我无法一探究竟。有一些可以称之为豪宅的，都明显高过一般的村屋，透过门缝，瞧见的尽是深深的庭院，萋萋的芳草，但是已无人烟。几乎每一户的门楣两侧都贴着一副对联，有的白底黑字，有的红底金字，岁月的痕迹与屋子的历史不谋而合。窗户顶端和阳台的墙壁上有很多色彩鲜艳的壁画，而且都是具有西方技艺的浮雕，入木三分，让画中的花鸟鱼虫瞬间就立体起来。这

第六章 柳暗花明又一村

边刚刚"雄鸡一声天下白",那边又"两个黄鹂鸣翠柳",花瓣的绽放,山石的棱角,都栩栩如生,活灵活现。这些呼之欲出的刻花成为原始民居上最洋气最传神的点缀,每一方壁画都足以成为一件独立的艺术珍品。

这些房屋一建就是一整排,好像想让我一次就看个够,穿梭其间,完全没有城市水泥森林似的压抑感,有的,只是对于遥远记忆的神往。

最让人惊叹的是,在那个社会制度还未高度发达的乱世,这片村落的规划之整齐已完全不能用"原始"来形容了。别忘了,这些可都是百年之前的建筑啊!错落有致的分布像一串美丽的珍珠项链,在青山绿水间穿行,仿佛是从天堂遗落人间的至爱。当天马行空的想象投射到开平树丛的纷繁之中,竟没有一丝混乱,步步为营,是谁的巧手在编织着如此美丽的梦?《桃花源记》中的一句"不知有汉,无论魏晋"让时光在那里停滞、凝固,而马降龙的子子孙孙们却紧紧跟随着时代的脉搏跳动,颠覆着"隐士"的意境,用超前的智慧打造出属于人间的桃源仙境!

这里的村民不是避难遁世的古人,他们时刻感受着这片土地点点滴滴的跳动,不仅知道魏晋,知道汉唐,更加熟知世界。我有幸认识了一位已经86岁高龄的黄老先生,他是永安村人,竟会说英语,还曾是开平某单位的翻译,讲起话还不时带出一些单词,他笑着说:"与孩子孙子通电话习惯了。"黄老先生有3个子女,像村中大部分人家一样,他的子女都不在家,甚至有的移居海外。其中2个在美国,女儿还在美国的大学读到硕士毕业,另一个在开平城区工作,只有他和妻子一直眷恋着村庄不愿搬出去。黄老先生还告诉我们，他们村里仅有两户人家没有海外关系，至于马降龙村落群的其他村子，可以说，每条村子都通向世界。

突然，就好像看到电影《功夫》中的宁静小村照进了现实的版本——一片祥和的简单朴素中，竟然隐藏的都是绝顶高手，只是厌恶江湖的纷争，才来到这里过着隐士般的生活。在侨乡的土地上，桃花源不代表怀旧，而是宣告预言，在这里，我们找到了城市的未来，那就是回归。即使接受了如此先进的文化，即使见识了如此剧变的时代，最终人追求的还是生活的本质，日出而作，日入而息。"大隐隐于市"，这些淳朴的村民们也许并不是懂得多么高深的哲理，而只是单纯跟着自己的感觉走，走到这片新世纪的桃花源中，享受着"偷得浮生半日闲"的惬意，把烦恼和忧愁留给了外面熙熙攘攘的世界！

本以为马降龙的寻宝随着村落的出现就这样完结了，可是不承想这只是开始，因为它的身影又出现了。

你知道我指的是"它"，就是碉楼。

当我还在奇怪怎么只看到低矮的民居，而不见那些高大碉楼的时候，迷宫的入口又出现了，那些蜿蜒的小径只在阳光下陪伴了村落一会儿，又消失在片片的葱绿之中。等到又一次豁然开朗时，我的面前便毫无征兆地出现了一座耸立的碉楼，那个我再熟悉不过的老朋友。在开平，几乎每一个村落都有一个保护神，它们高大稳重，鹤立鸡群，而我眼前的这座足有七八层高的碉楼，就充当了马降龙这片永安村的守护神——它的名字叫作"天禄楼"。

第六章　柳暗花明又一村

虽然我很不容易才寻到天禄楼的踪迹，但是遗憾的是，当地为了保护这座碉楼，不再对外开放。门上的那一条条铁栅把它的故事挡在了里面，我只有通过看外墙上的一些介绍才能大致了解它，而楼层内部的装饰陈设，以及那些封存的传奇和历史，只能靠我的想象来填充了。

天禄楼是开平碉楼中典型的"众人楼"，这种楼开平有1200多座。众人楼就是众人合资建的楼，通俗说就是公寓式的碉楼，平时村民的贵重物品都存放在众人楼内，有人拿着枪守着，就像如今的银行。天禄楼建于1925年，由29户村民集资兴建，取名"天禄"是表示天降福禄的意思。天禄楼建好后，村里的青壮男丁晚上都会不约而同地住进楼里。这是因为传统的重男轻女，让当时的土匪基本只抓男丁而不抓女性，村里就曾经有村民的两个儿子被抓，共交了四千块大洋才将人赎回来。等到人来得差不多了，值更的老汉就会仰着头向着碉楼的方向大声吆喝："人齐未？"如果听到一层一层传来的应答声，就会准时锁上大门，直到第二天早上才开门，让里面的人出来下地干活或者去上学。所以天禄楼也经常被叫作"男人楼"。有意思的是，村里同样也有"女人屋"。"女人屋"并不像碉楼一样是特定的一座，而多是村中年轻的女孩子找伴，然后在一家房舍宽裕人家里共睡，每人都是自己带枕头被席。到"女人屋"过夜的女孩子，又以家里房舍紧张的为主，也有一些女孩子是凑热闹而去的。"男人楼""女人屋"的出现，成了侨乡特定时期最真实的剪影。天禄楼建好后，土匪再也没有来过，因为光是拨开丛林的迷雾就不易，更不要说坚如磐石的碉楼了。直到抗战时期，它依然扮演着那个威风凛凛的守护神，宝刀不老。那时，村民会把值钱的东西送来这里锁上门，然后从二楼一个窗口踏扶梯下地，躲到山里。日寇来到后，由于门窗有铁闸有暗锁，鬼子们打不开门，又对它无可奈何，只能灰溜溜地走了，财物完好无损。

和开平其他地方的碉楼一样，天禄楼的顶端风格一看就是中西合璧的产物，而它的设计者也一定有华侨的基因。碉楼无论身处哪里都是一道别样的风景，在这片隐秘的村落中，只有它必须仰望，也只有它可以穿越重重的绿色叠嶂，告诉天空属于马降龙般低调的华丽。

"人海之中，找到了你，一切变得有情义；从此以后，就找到了美，找到了痴爱所依……"熟悉的旋律不知何时从脑海中一闪而过，一如眼前突兀的崛起。

暂别了天禄楼，也暂别了这片可爱的村庄，我却无意停下前行的脚步，因为那里，小径还在丛林间继续散发着诱惑，向着村后更深处游走。这一次，村后的世界又会展现怎的惊心动魄，又会有谁来继续讲述隐士们的逍遥呢？

随着小径在继续蔓延，眼前的树影已经不再像之前一样繁杂难辨，因为目光所及，都是竹。笔直的、翠绿的、浓密的竹林仿佛早已迫不及待地迎接在每一个我经过的路口和道旁——这就是马降龙最引以为傲的竹海，丝丝入扣，节节高升，寄托着隐士们灵魂的涅槃！

不知从什么时候起，竹子成了隐士的知己，成了君子的代言人，这些"虚"怀若谷、正"直"不屈的植物，在每个隐士的心中都是自己的化身。还记得西晋时期的"竹林七贤"吗？阮籍、嵇康、山涛、刘伶、阮咸、向秀和王戎，七个出淤泥而不染的雅士，抛弃了这个他们曾为之笑过、哭过、努力过、挣扎过的乱世，投身竹海，让竹子的气节来洗刷心中的不鸣。与竹起舞，击竹弹唱，相伴的日子里，竹海聆听了天籁般的《广陵散》，品味过醉翁之意的《酒德颂》，这是何等逍遥的谈笑！隐秘之中，用青春换得山水的纵情，众乐乐不如独乐乐，有了灵感的渲染，每一棵竹都是妙笔，迎风的摆动不是在招摇，而是在挥毫，心已醉，梦未醒……

然而，正像偌大的世界中，没有两棵竹子会是一模一样的。竹林七贤也是和而不同，也许曾经也像竹海一样风吹一边便齐心倒向一边，默契得令人艳羡。可是毕竟文人都有自己倔强的清高，这七棵"竹子"，参差散立，摇曳多姿，也会选择厌倦清闲，也会选择逆风的快乐。他们各有各的婀娜舞姿，各有各的青黄季节，各有各的风韵神采，如果我们总是以为隐士的世界千篇一律，那未免太过理想，太过平淡。竹子之间若即若离的间隙，反而让想象中的意境异彩纷呈。正如对于竹子情有独钟的郑板桥写过的一首诗：

举世爱栽花，老夫只栽竹，霜雪满庭除，洒然照新绿。
幽篁一夜雪，疏影失青绿，莫被风吹散，玲珑碎空玉。

路越走越曲折，光线越走越昏暗，但竹林反而越走越茂密。当我的眼睛开始有了一丝丝的审美疲劳，以为前方的转角已经是迷宫的尽头时，老朋友又出现了！"山重水复疑无路，柳暗花明又一村"，这种过山车式的惊喜感从进入马降龙开始就从未停止。一排整齐的翠竹将我急切地迎到了一座碉楼面前，原来是它——"林庐"，作为仅有的几个对外开放的马降龙村碉楼之一，它的知名度和影响力都源于一句话，一句赋予了这片村庄最奢侈的赞美：

"Oh, My God！ It is the most beautiful village in the world！"翻译成中文，就是那个我们最熟知的称呼——世界上最美的村落！

这句话是从一位曾经登临过林庐顶端的游人嘴里脱口而出的。他不经意的进入，不经意的攀爬，不经意的眺望，却似乎在一瞬间就目睹了一个绝美的新世界，眼中闪烁着夺目的光彩。不经意竟然变成了最美的邂逅和最惊叹的回味！他的肯定会比任何人都来得有价值，因为我们已经知道，他的真正身份不只是一位慕名而来的游客，而是联合国教科文组织世界文化遗产评估委员会的主席！到底是什么样的景色让见多识广的主席先生发出如此强烈的感慨？我的心中涌起了从未有过的激动。此时眼前岿然不动的林庐，仍不断散发着诱人的魔力，令人怦然心动——我会有幸成为下一个"世上最美"的见证者吗？

林庐不算高，可是却感觉爬了很久，也许是我的心情已经太迫切了吧。终于徒步来到了最高的一层，我深吸了一口气，平复一下心情，好像在期待拆开生日礼物时的惊喜。走到斑驳的露天阳台的一角，也就是当时委员会主席站的那个地方，我睁大了双眼，将目光向楼外尽情放飞——出现了，出现了，整个马降龙最精华的一幕上演了！这究竟是在哪里？海，我的眼前竟然是一片波澜壮阔的竹林海，看得见波浪，看得清礁石！这多么像电影《卧虎藏龙》中的竹林飘渺，目光所及，都是郁郁葱葱的竹子，没有吝啬为眼前的大片村落留下一方的空白，一个个都力争上游，偶尔一阵风吹过，参差不齐的竹子组成了摇摆的波浪，时而翻滚，时而潜伏，一波未平一波又起。"风吹疏竹，风过而竹不留声"，一根竹子，一片竹子，不会有如此的气势，只有像这样聚集在一起，团结在一起，才汇成了汪洋大海，才呼啸出如此低沉但雄浑的怒吼。

我忍不住闭上了眼睛，如此盛景，单靠眼睛已经不足以承受它带来的美，这种震撼，是全身心的。眼前的黑不是黑，而是充斥着对于完美的定义。耳旁的风肆意地拂过脸颊，夹杂着竹林海的低鸣，那些心事，我猜不透。探出头，深吸一口气，从不远方还飘来了阵阵花草的芳香，这种鲜活的味道，让身旁稍稍腐朽干涩的气息也荡然无存。脑海里勾勒出的千姿百态让我沉醉，一路小径走来的压抑和深沉在这里全都释放了出来，就像从海底瞬间升到了云端，开阔的不仅是眼界，还有心胸。

不一会儿，风停了，周围又变得有些寂静。我慢慢睁开了眼，恰好一片金色的阳光打在了远处的竹林尖上，隐隐约约看到有东西从竹林海的深处浮出了水面。这些东西我太熟悉了——拜占庭穹盖、罗马柱、硕大的燕子窝，不正是这开平竹海中隐藏的碉楼吗？它们零星地矗立在一片绿色中，只露出最华丽的顶端，若隐若现。这十几座养在深闺人未识的碉楼，依次出现在这片流动的海面上，仿佛是"海市蜃楼"的降临，对它们的所有期待，就是可以多停留一会，哪怕只是一秒。可是偏偏稍不留意，它们就会从我的视野中消失，没人知道下一次这些碉楼又会从哪片竹林的间隙中闪现，如此乐此不疲地和我们玩着捉迷藏的游戏。竹海和碉楼，一动一静，中式的含蓄掩映不住西式的洋气，但是永远相得益彰。

再汹涌的波浪到了这一边也会戛然而止，因为眼前就是气势磅礴的百足山。往山脚下眺望，那些不时飘起几缕炊烟的地方，偶尔还能瞥见有农夫在耕作。他们耕作的地方是一片果园，其中最醒目的就是一棵独木成林的大榕树，饱满的树冠高出方圆数米内任何的植物，傲视群雄，让周围低矮的树丛相形见绌。细看还可以发现大榕树的枝条下挂满了很多红色的东西，应该是一些祈福用的红纸——原来这还是一棵风水树。

田园风光在险峰，当年林庐的主人怎么会忍心抛下如此的美景，不会觉得遗憾吗？是不是因为这片浩荡的竹林海把所有的村落都遮蔽了起来，望不见人烟，听不到鸡鸣狗叫，才会有一丝怅然若失呢？马降龙的隐士气质不是浮在云端的高不可攀，也许林庐的主人正是体会过这种高处不胜寒的惆怅，才毅然走下碉楼，走向心中的田野乡间。站在这个角度，透过烟波浩渺的竹林找不到任何完整村落的踪迹，它们有自己的选择，有自己不愿被清扰的宁静，隐士的哲学永远不会像西式的碉楼顶端那般锋芒毕露。你若有心，就俯首去那密林深处寻觅，那里，才是马降龙不灭的精神家园！

走下林庐，依然带着不舍，只是重新回归密林，回归村庄，心里才会感觉踏实。往竹林深处继续探索的途中，又遇到了几座碉楼和村屋，除了仅有的一些还有人在居住生活，其他的都早已变成时间的灰烬，任周围的树丛杂草爬满了斑驳的门窗，堆放在屋旁一角的草垛枯枝，似乎还没来得及被清扫，就同它们的主人一起，消失在我们的记忆中了。也许是我的脚步惊扰了这林中的宁静，在一条狭窄的小巷忽然遇到了两只黑色的小狗，那只小一点的，见到我还不停摇着尾巴，咧着嘴笑，而大一点的那只对我们却一直保持着警惕，不时回头对身旁的小狗嘱咐着，不让它再往我的方向走，一动不动地打量着这个从外面世界闯进的异类。

不知道这种天然的排斥感是不是这里每一个隐士散发出的共性，因为没有人把过多的现代元素掺入到这古朴原始的气息中。无论外面世界多么日新月异，这里依旧是那个神秘的桃花源，人们纯真的心也不会随着物欲横流而改变。越简单越幸福，他们懂得"弱水三千，只取一瓢饮"，催一催鸡群，修一修枝叶，用生活的真谛来取代高速发展中的快节奏对于生命的消耗与践踏。

除了林庐，还有一座对外开放的碉楼就是骏庐，它是旅居美国的华侨关崇骏在1936年建造的，耗资巨大。里面的布置与自力村那些华美的西式碉楼比都不相上下，中式生活用具一应俱全，保存完好。而且由于在每层楼之间用镂空的天井贯通，就像在地上开了一个洞，从上到下都看得清清楚楚，所以它也是马降龙众多碉楼中采光最好的一个。三楼的神台又是中西合璧的典范，里面的神位是中式的，外面的柱子又是西式的。在神台下有一个图案，常见的狮子滚绣球在这个变成了狮子滚地球，看来即使竹林隐秘，也还是会吹进一缕缕的西风，就像它的碉楼兄弟们一样，无法避免地被刻上时代的烙印。

眼看一路的寻宝之旅就要结束，竹林开始变得稀疏，眼中的倒影忽然就从绿色变成了黄色——竹林的尽头，阳桃园出现了。在侨乡开平，村前村后有果园并不鲜见，难得一见的是，百年的果园毫不设防，而且地上都落满了黄澄澄的果实。让人惊叹的是，这里的阳桃不仅全年结果，而且全年开花，淡粉红的小花柔弱地洒在阳桃粗糙的枝干中，述说着铁骨柔情。很多阳桃树已有上百年的历史了，枝干被经年常有的累累果实，弯曲成沧桑岁月的见证。

我随手从地上捡起一个阳桃——很少见到如此形状奇特的水果，那扑鼻的果香时时挑逗着我的味蕾。这难道就是迷宫最后的珍宝，就是对我风尘仆仆一路寻来最好的褒奖呢？

百足山依然雄伟，潭江水依然清澈。我真怕自己将要离开马降龙的安逸，重回熙熙攘攘的世界后会变得不适应，因为那里缺少隐士，因为那里缺少情怀。而这些，并不是随意建一些主题公园，圈出一些原始森林就可以满足的，生活是如此认真，认真到容不得一丝虚伪和做作。在马降龙的点点滴滴，都能用沉默来代替，有时候，沉默是金！

在一片安静中，我的耳机里恰巧也响起了那首叫《安静》的歌，虽然它的歌词是写给恋人的，但是我忽然发现，对于心中这片"世界上最美的村落"的告白，没有比它更合适的了：

你要我说多难堪/我根本不想分开/为什么还要我用微笑来带过/我没有这种天分/包容你也接受他/不用担心得太多/我会一直好好过/你已经远远离开/我也会慢慢走开/为什么我连分开都迁就着你/我真的没有天分/安静的没这么快/我会学着放弃你/是因为我太爱你

第七章　表里不一的渐进

——"醒目"的开平第一楼

很喜欢电影《一代宗师》中的一句台词："这一生，有些人成了面子，有些人成了里子。"这天生矛盾的性格，就像两条平行线，纵使如此接近，也永远不会有交叉点。可是在开平，我却找到了"心中有猛虎在细嗅蔷薇"的那座碉楼，面子和里子，怎么看都是它的属性，完美主义的理想不知是楼主赋予的个性，还是历史参考的答案，这是我一直无法理解的悖论。顶着开平第一楼醒目的光环，它的作为到底是刻意还是偏离，到底是自然还是渐变？也许，眼前这表里不一的庞然大物，隐藏的依然是潜移默化的改变，源于时代，源于人心。

"山不在高，有仙则名。水不在深，有龙则灵。"岭南的山水之间从来就不缺少灵气，点滴之间就是一幅画卷，延绵不绝。而开平，这份灵气仿佛在渐变，只因碉楼的存在。村落背后的守望，竹林之间的耸立，碉楼似乎永远与这原始的农耕世界格格不入，这种感受不是偶然间的心血来潮，从踏上这片土地的那一刻，映入我眼帘的就是两种色彩，散发着两种味道。可是毕竟岭南的包容熏陶着碉楼的笨拙，它仿佛来自另一个世界，却总能在某一面打开与山水相通的门窗。如果它们矗立在别处，无论是森严的战争前线，还是贫瘠的边疆戈壁，都只能充当僵硬的堡垒，如行尸走肉般隐忍。可是，幸运的是，它们出现在潭江之滨，出现在百足山下，这里有足够的灵气来唤起内心的麻木。碉楼在温暖的环抱中，棱角也变得温柔，更像一个友善的朋友，而不是惊恐的敌人。

中国的神话中，总喜欢让那些我们脚下的一草一木沾染天地日月的精华，化身为灵物。而碉楼，又未尝不可，而且，它本身就是一种象征，与百年来从它身边走过的每个人惺惺相惜，很多感动，很多遗憾，它都感同身受，念念不忘。

突然发现，自己虽然身在此山中，却仍然不识碉楼真面目！走马观花般的流连并不能让我感动，让我尽兴，因为我始终只是把它们当作一座座建筑，一座座丰碑，而不是一种交流，一种神往。它的灵气让它懂得我的心声，我还不够认真，认真到和它做朋友，做知己。

碉楼，有时候也在学着做人，用我们的方式，用我们的选择。

而我们，是不是也足够真诚呢？

下一座碉楼，已经在和我招手，这一次，我要用心体会它。如果说"马中赤兔，人中吕布"，那它就是碉楼中的赤兔马，碉楼中的吕奉先，因为人人都叫它——"开平第一楼"！

每一个第一的背后，从来都不会一帆风顺。

第七章 表里不一的渐进

也许我们从来都想不到,这个开平第一楼差一点就被扼杀在摇篮中,要不是它主人的坚持,它早已泯然众楼,全不会有如今的气势和骄傲。个性,不是新时代的产物,它只是被压抑的人性,在每个时代都可能偶露峥嵘,但恰恰就是这一刹那的放纵,便可以缔造超越时空的传奇。而迈出那一步的勇气,由谁来赋予,由谁来推动?答案远在天边,近在眼前,那片汪洋,这片土地,都是我们寻觅的方向。

差一点忘了说了,"开平第一楼"只是世人的称赞,它也有自己的名字,就叫"瑞石楼"。其中的"瑞石"两字,透露了碉楼的密码,这正是它的主人黄璧秀的名号,璧玉对瑞石,在黄璧秀的眼中,这座碉楼就是他自己的化身,他对它的执着和热情,超乎了我们的想象——近百年前的那次争吵,那次取舍,那次坚持,才成就了如今的瑞石楼,那段故事,就在我进入这片锦江里村时,被莫名地勾起了……

民国初期的开平蚬冈镇锦江里村,那是一片似乎还未被完全唤醒的土地,随着大批金山客们的出走,这里在留守和等待中酝酿着渐变,黎明前的黑暗中,一座注定被载入历史的碉楼正要揭开它神秘的面纱。

工地上,瑞石楼的地基早已打好,按照计划中的图样逐层垒高,由于当时天下还不太平,这里又匪祸横行,很多人家选择了建筑同样的碉楼来保护一家老小的安危。黄璧秀的老父亲黄贻桂总是表现出对于碉楼最热切的期盼,每天没事的时候,就会到工地旁溜达,一边笑眯眯地看着拔地而起的新居,一边在心底感叹:"儿子终于有出息了,等我们住进了这样好的碉楼,就高枕无忧啦……"几乎每一个开平有能力建造碉楼的人家,都无不自豪于生活的改变,那些碉楼,在一片片升腾着骄傲和炫耀的气氛中竞相绽放。

可是，老人家毕竟只是普通的农民，从来没有也不敢有什么过分的念想和奢求。眼看着一天天过去，碉楼已经建到足有六七层高的时候，却依然没有任何封顶收尾的意思，好像要突破所有的界限，越雷池而不顾。黄贻桂心中的那份惊恐和不安开始变得越来越强烈了，还夹杂着不解和羞愧。这种心态在当时几乎是所有中国农民的缩影，作为最底层的劳动者，他们的一生只是逆来顺受，乐天知命。你有多少，我就有多少，我们永远是同样的步调，这样才会有安全感，才不会让人觉得特殊。黄贻桂将近八十了，当然摆脱不了这种小富即安的意识，眼瞅着自己的新房要变得"醒目"了，要变得招摇了，他害怕了，心中也不断幻想着周围人如何说三道四的议论，如何指指点点的质疑。"这怎么成规矩啊。"老人家终于按捺不住了，决心叫来自己的儿子，要好好当面教育一下这个不知天高地厚的浑小子。

当黄璧秀听到父亲召唤的时候，手里还拿着瑞石楼的建造图纸，上面画满了各种横七竖八的符号。听着下人急促的口吻，他好像已经猜到了什么，只是，在这张意气风发的面孔上，没有闪现出一丝一毫的犹豫——此刻他的心里到底在想些什么呢？属于他梦想中的瑞石楼还可以如愿以偿吗？

"父亲，我来迟了，您找我？"作为一个极孝顺的儿子，黄璧秀一进来门就对黄贻桂行了大礼，他从小就没有违抗过父亲的教诲。

"儿啊，我今天去建造碉楼的地方看了。"

"哦？那里还没有完成，您要注意安全啊！"

第七章 表里不一的渐进

"不要紧,我身子骨还硬着呢,只是,有一些事情我好像没看懂。"

"是什么事啊,不是碉楼建造出了什么问题吧?"

黄贻桂看了一眼儿子,知道他从小就是一个敢作敢为的直肠子,便不再绕弯子,语重心长地说:"是啊,我看到咱们家的碉楼已经建得差不多高了,再往高建就不太好吧,和大家差不多就行了,别那么张扬,啊?"

黄璧秀沉默了,他内心怎么会不懂老父亲的担心,只是在这个时候,对于碉楼的未来,他有自己的想法,而这个想法,对于眼前这个从来没有走出过村庄、走出过开平的老人来说,无异于大逆不道!

黄贻桂见儿子默不作声却若有所思,有些焦急了,生怕自己的担心变成现实。他可万万不能接受这样先斩后奏的结果,于是提高了声调训斥道:"你到底是怎么想的啊,我也看过咱们以前的设计图,不是应该就这样封顶了吗?再高,就高过全村的楼房,变得鹤立鸡群了……再高,再高就要碰到雷公的下巴啦!难道你要惹恼雷公,招来雷劈吗?!"

封建家长制的作风会震慑到每一个孩子的心,黄璧秀从小只要父亲语气稍微强硬一点,就再也不敢反驳了。只是如今,自己也为人父的他早已经长大,再也不会逆来顺受了。他抬起头看着老父亲复杂的表情,避开了他的眼睛,用低沉却毋庸置疑的声音说:"对,我一直就是打算把这个碉楼建成这里最高最大的一座,我要继续往上建,我要让它超过周围所有的碉楼,这样才能后来居上,让所有人看得见,让所有人来仰望我们……"

说完这些,黄璧秀不等呆若木鸡的黄贻桂反应过来,就转身离开了屋子。他知道,身后已经是父亲几乎暴怒的怒吼和拐杖猛敲着桌面的发泄声。这一切,黄璧秀早已料到,只是他心意已决。没有人留意到,他手中仍然紧攥着的那份施工图,已经不知被他修改了多少遍,一处比一处新,一笔比一笔重,这些流露在白纸黑字上的豪气,他已经等了很久,这一次,任谁也无法阻挡!

他要通过瑞石楼告诉大家,他这一代的开平人,不会是命运的奴隶,更不会是陈旧观念的奴隶。

黄昏将至,黄璧秀迎着夕阳的余晖默默地来到了还未完工的瑞石楼前,抚摸着涂料还未完全干透的墙面,他像刚从悬崖边抓住了即将坠落的珍宝,五味杂陈。这次争吵,不仅不会动摇他的信心,反而激发出他更大的勇气来面对自己的选择。这一路,他同样是这样坚持着走下来的。黄璧秀年轻时在家乡并不富有,也没有赶上远赴重洋的好机会,曾经还当过一段时间厨师,与周围留下的人没有任何差别。可是,心高气傲的他怎么也看不惯后来陆续回国的华侨们光宗耀祖时的神气。羡慕和嫉妒,让他对那些装满财富的金山箱充满了渴望。后来不愿坐以待毙的他带着长子黄畅兰和次子黄赐兰一起前往香港闯荡,凭着自己的斗志和不服输的个性,不断寻找机遇,开始经营各类药材铺和钱庄,终于打下了一片江山,事业成功,成为富甲一方的商人。

在黄璧秀的心中,他并不想忤逆父亲的劝告,只是这份被压抑在心中多年的征服感早已呼之欲出了,他要证明自己的重生,他要像一个个曾经渺小，却依靠自己努力一步步积累打拼出来的同乡们一样，用碉楼来点燃醒目的烟花，绽放出哪怕稍纵即逝却绝代风华的最美光彩！而瑞石楼，不也是从平地而起，一点点高大，一点点上升，一点点成为焦点的吗？对于黄璧秀来说，建造碉楼的每一步都是在盘点自己的轨迹，每一层都有自己奋斗的剪影，不达到至高的顶点，又怎能半途而废呢？

个性，在这一刻爆发，恰如其分。见过了世面的眼，饱经了风霜的脸，让他脱胎换骨，对于心中向往追逐的勇气便更加坚定。这份勇气，黄贻桂没有，这些始终守护着乡土的中国农民们没有，他们只有惊讶于瑞石楼的不断崛起，从恐惧，到震撼，再到敬佩，深深体会和见证着一个为自己梦想，为自己家族拼搏的童话！

不知道瑞石楼自己懂不懂得主人曾经的坚持，我想，感恩的心已经化为百年之后忠诚的陪伴，不离不弃，就在这片宁静祥和的怀抱中，等待着像我这般好奇的眼神。

"锦上枝头千载福，江环梓里兆民康"，这是篆刻在村落入口处门楼两边的一副对联，裸露的青砖堆砌起一座大门，穿过它，也就穿过岁月的烙印，走进令人神往的田园之中。锦江里村的布局浓缩了开平建筑规划的精华，显现出村落在前，碉楼在后，拔地而起的姿态，谁也不遮挡谁的神采，谁也不争夺谁的神韵。这种和谐的层次感让我异常舒服，由低到高，没有突兀，像一连串音符，低音浑厚，中音沉稳，高音嘹亮。只有这样的乐章才符合开平田园般的节奏，舒缓中带着流淌，循序渐进，而高潮处的强音总是属于最醒目的点睛之笔，这一点，非它莫属——开平第一楼！

由于瑞石楼得天独厚的高度，一进村我就可以远眺到它的轮廓。顶端那巨大的穹庐顶，散发出独特的西洋气质，让它不仅在高度上，更在形象上令人目不转睛，无法旁顾。那就像一把火炬，一座灯塔，难怪黄璧秀的野心在它的身上展现得淋漓尽致，即使周围碉楼无数，同样巧夺天工，可是没有哪一个可以取代瑞石楼带给我的震撼，因为这种"欲与天公试比高"的霸气早已融入它的骨子里，随它的主人一起，成了一脉相承的基因。

其实这里的树丛比任何一个其他的村落都茂盛，虽然不像马降龙那般有遮天蔽日的竹海，可是各种高大挺拔的树同样林立其中，摇曳的树冠排列起欢迎的队列，那些低矮的民房和碉楼都淹没在了密林的环绕中，从远处看，勾起人无限的遐想。即使这样，我依然从容地走在绿油油的稻田之间，不会有任何迷路的困惑，因为有它一直在指引着我。最高的树在瑞石楼的面前也只剩仰望的无奈，从任何一个方向，从任何一个角度，我都可以轻而易举地发现它的存在，如启明星般耀眼醒目，这种天生的魅力，让我无法拒绝。如果不是想急于领略这开平第一楼的风采，我还真舍不得这沿路的风景：绿草如茵的田间没有一丝的斑秃，而点缀其间的油菜花又带来了耀眼的金黄，一张一弛的景致映衬在蓝天之下，宛如仙境。

当我偶尔停下脚步，低下头对着星罗棋布的河塘发呆时，总会意外地从不同的角度看到瑞石楼的倒影，仿佛它总是任性地不肯离开我的视线，生怕被这岭南美轮美奂的水墨画夺去本该属于它的宠爱——如果水下是另一个世界，它同样也是无与伦比的吧！

第七章 表里不一的渐进

走进它才发现,曾经对它所有的幻想和赞美,都绝不过分,从里到外,它都是当之无愧的开平第一楼!

为了这座承载着光荣的碉楼,黄璧秀花了三年时间,从1923年破土动工到1926年竣工,而建造费用的投入也高达3万港币。一掷千金换来了如今依旧挺立的骄傲,总觉得它早已不再是那个低调的碉楼,不再是那个单纯只为防匪防洪而生的侍卫,而化身为了一个勇于创新观念、卓尔不群、惊世骇俗的图腾,一个集万千宠爱于一身的英雄,接受每一个信徒的顶礼膜拜!

只是,当碉楼不再是碉楼,正如明月不再为驱散黑暗而亮,而沦为诗词歌赋中的吟咏,总是会让我有一些怅然若失——这真的是它最好的归宿吗?

当我再一次抬起头时,瑞石楼已经毫无保留地出现在我面前,鹤立鸡群,如想象般雄伟,有过之而无不及。它让任何形容词在此刻都显得苍白无力,因为文字只能描绘外表,而这扑面而来的气魄,唯有身临其境才可以感受得真真切切!

望着它,顺着目光所及,我突然释然了,原来这么多年过去,它从未改变过——碉楼,它始终是我们最熟悉的那个碉楼!我们都容易被上层那些第一眼就看到的华美的装饰所吸引,却只有离它如此之近时才发现:雕梁画栋之下隐藏的依旧是最质朴的碉楼外形,正正方方,规规矩矩,俨然未曾遗忘那种碉楼独有的拒人于千里之外的孤傲气质!

和几乎所有的开平碉楼一样,一扇威严的钢制门板,四面墙体配上均匀分布的狭窄的钢条窗户,一个都不少。不过既然要不负开平第一的美名，它的造型当然匠心独运，别具一格。从最下面的入口处到第五六层的墙体上，每一层的窗框、窗楣和窗花的图案都不一样，灵活多变，立体的灰雕将简单的灰白墙面衬托得饱满生动，每一面拐角的过渡都特意加筑了浮雕或文字，锦上添花。我想，即使当年瑞石楼真的就在这几层戛然而止，也丝毫不会令它失色。在碉楼的门前还有一棵伊拉克枣树，高十余米，据说已经有了三十多年的树龄，像一把高擎的绿伞，让我可以随时在底下休憩乘凉，因为总是迎着刺眼的阳光仰望瑞石楼，也不是一件很轻松的事。

进入大门，里面的世界我再熟悉不过了，这些天穿梭于大大小小的碉楼之中，它们的印记早已刻在了我的脑海之中，那些无处不在的独具岭南传统样式的布置、用具和摆设，每一次都会让我的心中涌起一股清新。第一层是客厅，又细分为大厅和偏厅，大厅正对门口的墙上设有祖先的灵位，神台两边有一副对联："瑞器晶莹昭祖德，石楼高巩妥先灵。"神台下方悬挂黄璧秀和家人的"全家福"。偏厅则相对低调，布置典雅，适合于挚友们饮茶闲聊，畅所欲言，那些峥嵘岁月中"谈笑有鸿儒，往来无白丁"的场景也许每天都在这里上演。

但是它毕竟不是一般的碉楼，瑞石楼的奢华直到现在还只是冰山一角。二至六层每一层都无一例外地配有厅房、卫生间和厨房，还有卧房两间，所有的生活用品一应俱全，层层都可以当作一个独立的居室空间，就像我们如今城市中的公寓。开平的其他碉楼在这一点上无不相形见绌，有些碉楼一两层配备齐全就已经很不错了。看来无论是外观还是内在，"开平第一楼"都实至名归！

第七章　表里不一的渐进

　　黄璧秀的心思是要打造一座可以媲美任何建筑的完美碉楼，这些年走南闯北的经历让他知道，文化氛围才是体现一个建筑灵魂、价值和品位的核心，而并非冷冰冰的砖块和玻璃。当我还在疑惑是什么抵消了以前登楼，由于空间窄小的局限给我带来的压抑感时，那些随处可见的书法字体给出了我心中的答案——这里不是单纯的碉楼，这里洋溢出的是浓厚的中国传统文化气息，种种这些不正是黄璧秀为瑞石楼谱写的，只属于它自己的《陋室铭》吗？只是说它是陋室，未免太过谦虚！碉楼的每层都有从香港购买的坤甸或柚木板做的屏风，上面都刻着寄托平安和吉祥意愿的联语：如"花开富贵，竹报平安""雀屏中目，鸿案齐眉"。篆书、隶书、楷书、行书、草书，各种字体纷至沓来，有些我见都没有见过，也不知是出自哪位大家的手笔。精致的屏风也许只是黄璧秀附庸风雅的刻意所为，但是却成就了中西合璧的经典，少了它们的存在，你可能只会记住碉楼，而记不住流金岁月的沉淀！

　　越往上走，空间越小，楼梯也越来越狭窄。这是当年为了防匪设计的最后的防线。五层之上风格大变，碉楼像破茧而出的蝴蝶，尽情展现异域的妩媚。这些差点夭折的西方建筑的精华，一定是黄璧秀的最爱，他想让世人看到的，就是这独一无二的皇冠，皇冠上的珍珠，他曾经一颗颗用心擦拭、摆放，只为让它出世的那一天，释放出最耀眼的光芒！由四角那四个凸显出来的角堡形"燕子窝"保驾护航，传统碉楼的逆袭开始了——五层顶部的仿罗马拱券和四角别致的托柱有别于其他碉楼中常见的卷草托脚，循序渐进，向上自然过渡，很有美学上的祠堂效果。六层有爱奥尼克风格的列柱与拱券组成的柱廊，扩大了楼层的面积，让空间向外继续延伸，构成了一圈镂空露天的小阳台。顶上的最后三层就是皇冠上的珍珠，最醒目的无疑就是四周用承重墙接托的四个罗马穹窿顶，以及那个被它们众星捧月衬托着的，以支柱支撑，永远占据着制高点的拜占庭穹隆顶。这五颗珍珠吸引着我一路寻来，树挡不住，风摇不动，它们的倩影早已在我心中镌刻成永恒的符号！

第七层是一个平台，南北两面可见到巴洛克风格的山花图案。从第八层到第九层，也就是最终登顶的那一步，还需要费力地打开顶在头上的一块大木板，然后就可以守得云开见月明了！可这最后的一步，让黄璧秀耗尽了青春，尝尽了疾苦，多少个风雨飘摇的日夜里，他都在幻想这样的一幕，那是荣归故里的欣慰，那是光宗耀祖的疯狂。似乎只有在亲自登上这瑞石楼顶点，享受过那种"会当凌绝顶，一览众山小"的豪迈后，我才能真正理解他的执着，宽容他的任性，因为这一切是如此来之不易，是如此荡气回肠！

楼名的匾额放在第七层上部正中的位置，上书"瑞石楼"三个刚劲隽秀的大字。这三个字的来历可不一般，它们是出自一位岭南近代史上的著名僧人、广州六榕寺住持铁禅之手。铁禅的书法在民国时期名噪一时，而且性格豪爽的他喜欢结交朋友，常常以字画赠人。因此，当时广州、香港的不少店铺，都悬挂有他题写的招牌。两人的相知相识来源于黄璧秀的乐善好施。在香港经商的黄璧秀好做善事，广结善缘，曾捐给六榕寺不少香火钱，一来二往，他就和住持铁禅成了朋友。碉楼竣工前，黄璧秀曾热情邀请铁禅到他的家乡蚬冈镇锦江里村一游，漫步在乡间，当铁禅问到即将建好的碉楼叫什么名字时，黄璧秀回答："我字'瑞石'。瑞石，指美玉，同时还含有吉祥、坚硬之意。我的两个儿子认为，用这两个字来做楼名，非常合适。我考虑再三，觉得就用'瑞石'来给碉楼命名吧。"铁禅也对黄璧秀的说法深表赞同，于是他欣然命笔，就写下了"瑞石楼"三个大字。见字如见人，从此，这三个字就一直陪伴碉楼近百年，任风雨冲刷，共同见证着一次次时代的变迁。

有意思的是，在"瑞石楼"三个字的上头，有一个三角形的装饰板，高高凸起，而三角形正中间是一个挖空的大圆洞。如果说整座碉楼是扬帆起航的巨轮，那这个圆洞就是最前方的瞭望台，透过它远眺，完全是另外一个世界，开平的美景尽收眼底。不愧是开平碉楼的顶峰，目之所及，屋顶、树林、稻田、河塘都完整地呈现，和远处起伏的群山遥相呼应，想欣赏这岭南的山水画，这应该是最好的角度了。沉浸在居高临下的征服感中，无人不为之陶醉。

瑞石楼的魅力同样让其他碉楼折服，它们会甘心守护在它的周围，分享它的荣光。与瑞石楼相隔不远的地方有两座碉楼，从天台上就可以清晰地领略它们的容貌，虽然不及开平第一楼的华丽雄伟，可是同样风姿绰约。一个叫"锦江楼"，一个叫"升峰楼"。锦江楼是典型的众人楼，高五层，朴实无华，密布枪眼，时刻保持着警惕。而升峰楼则妖娆得多，从外观上看就是一个缩小版的瑞石楼，小巧精致，充满着南亚印度建筑的情调，墙体上依稀可见的法国蓝涂料更增添了浪漫的色彩。两座碉楼风格各异，像两个独具个性的卫士，一文一武，一张一弛，有了好兄弟的陪伴，瑞石楼在岁月的坚守中不会再形单影只了。

登上瑞石楼的人都不舍得下来，云端的飘渺胜似人间的纷繁，我也

沧桑碉楼

不例外,如果可以在这碉楼里面住上一段时间,那会是一件多么幸福的事啊!因为走出瑞石楼,我又必须仰望它了,只能靠回忆来填补短暂的失落。牵挂,还未远离,已然开始。

你见 / 或者不见我

我就在那里 / 不悲不喜

你念 / 或者不念我

情就在那里 / 不来不去

你爱 / 或者不爱我

爱就在那里 / 不增不减

你跟 / 或者不跟我

我的手就在你手里 / 不舍不弃

来我的怀里 /

或者 /

让我住进你的心里 /

默然 / 相爱

寂静 / 欢喜

看着即将告别的瑞石楼,情圣仓央嘉措的名诗《见或不见》蓦然涌上心头,我忽然感觉这座碉楼是那么有灵性,它不仅是主人黄璧秀的化身,也许更是千千万万个开平儿女的象征。从朴素到华丽,从隐忍到辉煌,这每一步,这每一层,都走得如此踏实。碉楼不是巴比伦的空中花园,如果你只留意高高在上的皇冠,不体会被隐藏在身下坚实的根基,那么你还是没有读懂它。一层层的累积,一层层的肩膀之上才托起了开平第一楼的美名。我想起NBA赛场上最沉稳的马刺队,在他们的更衣室里挂着这样一段格言:"当一切都看起来无济于事的时候,我去看一个石匠敲石头,他一连敲了100次,石头仍然纹丝不动。但当他敲第101次的时候,石头裂为两半。可我知道,让石头裂开的不是那最后一击,而是前面的100次敲击的结果。"侨乡从来就不缺少这种坚持的信念,它随着远赴他乡和落叶归根的交替轮回,如那条日夜不息的潭江水一般,润物细无声。

现在漫步在锦江里村拥挤的民房之间,仿佛还能感受到当年那一次盛宴的狂欢景象。按照开平的传统,碉楼的主人在搬进新居之前,都要举行"入伙仪式",也就是要宴请亲朋好友隆重地庆祝一番。黄璧秀当然不会错过这个向大家炫耀的好机会,而且瑞石楼入伙的日子恰逢他父母的八十大寿,双喜临门,兴奋的黄璧秀竟然决定从自家周围扩展到全村,甚至是路过的行人,摆起流水宴,来者不拒。那一天,从村口开始就铺满了一长溜的宴席,像是一场盛大的集会,经过村子里的人,无论是否亲友,无论是否黄氏,都可以坐下来吃饭,搓搓麻将,打打牌九,喧闹异常。有人算过,瑞石楼修建用去了3万港币,而单单这次流水宴席也整整花费了2万港币。当年有一个为流水宴供应猪肉的客户,仅用在这五天时间里赚到的钱,就在家乡盖起了两座楼房!

这一刻,黄璧秀的满足溢于言表。不知道当时极力阻止过他的老父亲那时候的心里会是什么感受?在一片片祝福和艳羡声中,没有讥讽,

沧桑碉楼

没有雷劈,也没有曾经种种的不安和顾虑,他的儿子终究践行了自己的坚持,真真正正把自己的人生活成了"面子"!可这些,毕竟是从一个个扮演"里子"的沉默中崛起的,人们只看到他的光荣,而那些浇灌过这些梦想之花盛开的汗水和泪水,又何尝不是背后最大的"面子"呢?

在不同的时期扮演不同的角色,在不同的时代展现不同的性格,我们没有理由去责怪瑞石楼的表里不一。倘若它真的如世俗般一成不变,哪里还会有"开平第一楼"的传说——那将会失去多少爱慕的容颜!

第八章　石头间的诗情画意
——泛黄的楼联，点睛的楼名

如果说碉楼是开平的名片，那么那些镌刻在碉楼之上的文字、雕花图案就是识别一张张封存百年名片的密码，抑或模糊，抑或清晰，读懂它们，你就读懂了一卷卷石头谱写的史书。点滴的记忆早就在这些文字中隐藏，只是在等待有心人来发现。书写它们的也许不都是文人墨客，也许不都是王侯将相，但朴素而又真实的话语之中饱含的始终是最原始的祈求和祝福。这不同于"到此一游"的涂鸦、浮夸，而是任中华文化的精髓渲染着这些本没有生命的碉楼，无论岁月风化了多少绝句，残留了多少斑驳，那字里行间的神韵，都是开平田园中最浪漫的诗情画意！

走走停停之间，开平碉楼的传奇我已经领略了大半，这些由石头或水泥砌成的建筑就如同希腊神话中皮格马利翁手下的神奇雕像一般，由僵硬到真实，在主人赋予的浓浓爱意中，散发出无限的生命力。如果爱神阿芙洛狄忒一样被它们感动，会不会也要去唤醒碉楼沉睡的双眼，让它为后人讲述曾经只属于这片土地的深沉和悠长？但是理想终究难以照进现实，神话毕竟是神话，这里的故事只存留在那些斑驳的文字里，铭刻在这1800多座碉楼的面孔中。一字一世界，一句一枯荣，之所以我们可以穿越时空和碉楼的前世今生对话，就是因为它们的存在，文字的力量让碉楼复活。从此，在我们的眼中，碉楼有了灵性，有了风骨，有了诗意，它们不仅是保家卫国的堡垒，更是文化传承的见证——从田间到高堂，从开平到世界，方寸之间，咫尺天涯！

这些文字，有些正襟危坐，镌刻在碉楼最显眼的地方；有些则委婉羞涩，停留在门楣、窗框或深闺之中——楼名和楼联，它们相辅相成，构成了完整的碉楼生态图。不要以为建筑都是功利机械的，它们同样可以附庸风雅，同样可以天马行空，创意无限。兴建于20世纪初、中叶的开平碉楼和居庐，其楼、庐名号，林林总总，五彩缤纷，或隐喻希冀，或散发情怀，或念祖怀宗，或尊贤重道，或攀亲引戚，或中庸，或自傲，或浅明，或隐晦，或典雅，或趋时，或乖巧，或持重。除了极个别无字楼外，每一座碉楼上部都有匾额，正中就书写着属于它们自己的名字。还有那些楼联，摆脱了楼名惜字如金的束缚，它们更可以淋漓尽致地展现文采和风韵。像开平第一楼"瑞石楼"，里外就配有十多副对联，这些与楼名匹配、并存的数百副对联，如同一张张定格于20世纪的黑白照片，留给所有人无尽的遐想。

想几句话盘点一下这些文字并不是一件很容易的事，因为它们就像武侠小说中的江湖门派，自成一家，路数迥异，谁也无法证明自己是当之无愧的武林盟主！那些画龙点睛的楼名就是它们的主人——曾经的金山伯，今天的归国华侨们挥舞出的长剑，他们比拼炫富，都想借楼名显露一手，于是我们就看到了千姿百态，看到了标新立异。这些楼名有的浅显，有的深奥，有的诙谐，有的庄重，有的高雅，有的平素。这让我想起了曾经中国古代的文人雅士，每当他们游历过一些名山大川，登临过名胜古迹后，都会诗兴大发，题诗、题词、留名，而开平碉楼的楼名与这些传统异曲同工，它们是游子们归国后触景生情的真情流露。华侨们的留名，留下的是岁月漂泊的终点，留下的是饱经风霜的感悟。他们无不艳羡先哲们的洒脱，可以在祖国的大地上任意驰骋，挥斥方遒，而他们，只能在异乡的漂泊中等待落叶归根的荣光，而这些浓缩着中华文化的楼名，也算是一种对岁月无声的补偿吧！

可偏偏对于开平碉楼楼名的第一次感动和震撼，却不是来自这1800多张面孔，而是来自一段记载于《开平县志》的故事，来自一座已经消失的碉楼——"奉父楼"。它的诞生曾经被人深深遗忘，现在无意拾起，竟如此难舍难弃！

清朝康熙年间，在开平月山镇龙田村里，有一个叫许龙所的人，他靠着经营丝绸生意发家，一切似乎都风调雨顺。有一天，他的妻子黄氏一大早就去赶集，可是奇怪的是，一直到傍晚太阳落山了也不见她回来。一种不祥的预感在许龙所的心头萦绕，他越等越急，不停地在屋里来回踱步。就这样也不知又过去了几个时辰，还是依然不见黄氏的身影出现。忽然，门口闪过一个黑影，还没等许龙所反应过来，就只见一包东西被放在了大门里，黑影便再也寻不到一丝踪迹了。心急如焚的许龙所马上捡起了那包东西，心里万分不解：那个不速之客到底留下了什么？打开一看，许龙所的脸瞬间就变得惨白，他担心的事终于还是发生了——那里面只有一张字条，上面歪歪斜斜地写着两行字："白银万两，钱到放人"！

  乱世的不幸终究还是降临在了这个本本分分的生意人头上，他已经斑白的双鬓似乎不停在颤抖。"绑架！我的家人被土匪绑架了！"许龙所差一点就瘫坐在了地上，他已全然不知此时此刻到底是何种心情，悔恨？愤怒？绝望？无奈？忽然，他想起了自己的儿子，现在的他是多么希望有人可以帮助自己一把啊！于是，几近崩溃的许龙所马上让人叫来了自己的儿子许益将，益将一开始也完全不敢接受眼前的现实，但是冷静过后，他当机立断，决定筹钱救母！靠着这几年积攒的殷实的家底，父子俩很快凑齐了赎金，只是他们不懂，手上的这些白银到底是希望，还是祸根？正当许益将准备出门救母的时候，却等到了一个他们最不愿听到的消息：黄氏已经跳崖自尽了！不过这个忠烈的中国妇女托人带来了她最后的绝笔，那是一封大义凛然的血书——"母亲决意以命抗争，不必赎，莫助长贼人气焰，望把钱建筑高楼，侍奉父亲……"

  "母亲！"许益将长吼一声，手里的白银散落了一地，和他的心一样，裂成碎片。死者为大，这个孝顺的儿子丝毫没有违背母亲的临终遗言，立刻用这笔钱建起了一座四层碉楼，就取名为"奉父楼"。余下的日子里，许龙所就一直在这座碉楼中安度晚年，而全家似乎也像是得到了黄氏的庇佑，一生平安……如今，我们已经看不到"奉父楼"的样子了,但是这三个用血泪换来的名字,却深深刻在了所有听过这个故事的人心中,让人唏嘘,令人欣慰。

碉楼的出现,正是要终结这乱世的悲剧和不堪,保一方安宁。在所有的开平碉楼中,名字中出现"安"字的就占到14%,"镇安""保安""建安""和安"等名号层出不穷。其中大多数楼名和楼联还只是为自己的家族祈福的文字,但也有例外。像塘口镇四九村虾潮里的吴朝林,居楼取名曰"中安",为表心意,还特意刻下一副对联:"中原有备,安土能耕。"渴望自家安宁之外,忧国忧民之心跃然纸上,如今读之,依然生出几分敬意!还有赤坎虾村新村,20世纪二三十年代由旅居加拿大的关姓华侨兴建,十多座碉楼各具风姿。其中最早前往加拿大并回乡带领村中兄弟外出闯世界的关国暖,在门口拟了副颇带政治色彩的对联:"国光勃发,民气苏昭。"爱国爱家之情兼而有之。当然最著名的当属立园泮立楼的一副对联:"宗功伟大兴民族,祖德丰隆护国家。"原本对联中的"民族""国家",分别写的是"宗族""谢家",但负责建造立园的谢维立不满意乡村书生的手法气度,自己在上、下联各改了一个字,境界就变得迥然不同。他们不仅希望自己的家族和亲人永得安康,还无私地表达着对这个国家的感恩之心,他们相信光明就在前方,提心吊胆的日子将从此一去不返!

主人的一掷千金,当然是希望碉楼可以寄托自己的理想和期望,表达永恒的驻守。于是,那些被注入了灵魂的碉楼才更显得生机勃勃。1926年,在赤水镇开钱庄的司徒昌伦与在香港开当铺的司徒达佑相约,决定在自己的家乡大同村附近,选择一处风水好的地方建造他们的碉楼。经过考察，一个理想的宝地走进了他们两人的视野。风水先生告诉他们：此地山清水秀，聚集龙气，不过，这只龙沉睡了很久，需要被唤醒，才能引来福气。聪明的兄弟俩心领神会，于是不久之后，两座别致的碉楼就拔地而起了。一座楼属于司徒昌伦，名叫"日升楼"，象征事业像旭日一样东升，兴旺发达；而在它的旁边是另一座属于司徒达佑的碉楼，取名"翼云楼"，也许是寄予了好兄弟之间"比翼齐飞，共赴云端"的希望。之所以说它们别致，是因为从远处看，"日升楼"外形酷似铜钟，而"翼云楼"则像一面大鼓，晨钟暮鼓，声震远方，唤醒了巨龙，也唤醒了这片土地自强的期望！

不过，就像开平碉楼都有自己矛盾的两面，这种种被赋予的灵魂也有遗憾，也有沧桑，豪气背后，隐藏的无奈也一并被挽留了下来。三埠迳头龙溪里的旅美华侨李成伦，青年时在美国旧金山唐人街是出了名的戏剧演员，人称"小生记"。可惜在一次演出中不慎得罪了权贵，遭人迫害。幸亏被一异乡友人保护，才得以离美返乡。这些际遇让李成伦看透世间冷暖，随后拿出自己一生的积蓄在家乡建了一栋四层高的洋楼，并取名为"索居庐"，还配上门联"盘溪甚水，农圃为家"。从失宠、惊怕到落叶归根、索居闲处，心中体味的是一种解脱，一种释放——人生若只如初见，何事秋风悲画扇！一个人的寂寞，不需要太多的喧嚣，只需碉楼陪伴，便可以重新找回曾经的自己。

一个人可以找回自己，是幸福，是平静，是取舍过后的涅槃。我们很渺小，在碉楼旁，在竹林中，在群山下，都必须仰望，那种振翅难飞的痛苦，有时只需要四个字，便可胜过千言万语——"只谈风月"。它

第八章 石头间的诗情画意

是一副对联的横批,悬挂在一座叫作"云幻楼"的碉楼门上,熠熠夺目。这是在自力村碉楼群中最特别的一座碉楼,它没有瑞石楼雄伟,也没有铭石楼精致,之所以为人瞩目,是它发人深省的忧郁气质,而这种气质,都淋漓尽致地浓缩在了门两侧用厚木板刻上的那副长达50个字的楼联之中:

云龙风虎际会常怀怎奈壮志莫酬只赢得湖海生涯空山岁月
幻影昙花身世如梦何妨豪情自放无负此阳春烟景大块文章

这副对联我连读了三遍,才大概可以分出其中的断句。这文采飞扬的长联是如此的一气呵成,扣人心弦——到底是什么样的心境才必须要用如此多的文字来表达啊?

"云幻楼"的主人叫方文娴,是一个从小就目标远大的读书人,他很早就曾立志成就一番济世利民的大事业。慢慢长大之后,和所有那些怀才不遇的文人一样,他忽然发现自己的满腹经纶在腐朽的旧中国没有丝毫的用武之地。在当了一段时间的乡村教师后,面对生活的窘境,潦倒的他也终于走上了一条海外谋生的道路——南下马来西亚。在那里,几经辛苦几经拼搏,方文娴开办了一间"裕生"商行。据说方文娴经营项目繁多,除了棺材不卖之外,什么生意都做,而且越做越大,这样就越来越有钱了,可是他仍然时刻牵挂着开平家中的妻子和孩子。于是,那些岁月里他经常会找机会回国,并鼓励妻子关凤娣随他一起出国定居,可是舍不得故土的妻子一次次地拒绝了丈夫的请求,一直留在开平。当时的方文娴在家乡还没有建造属于自己的碉楼，每当土匪来袭，他都只能背着跑不快的小脚老婆，手上拉着几个孩子去周围邻家的碉楼躲避，常常弄得狼狈不堪，惶惶不可终日。

由于内心还怀揣着读书人特有的自尊和清高，方文娴终于不能再忍受这样寄人篱下的感觉。于是，在1921年，自力村便多了一座刻下了方文娴印记的碉楼——"云幻楼"。可是新的碉楼并没有带来崭新的心情，方文娴天天待在狭窄的碉楼之中，默然而沉思，想到家乡匪盗横行，自己无力反抗，更无力改变，只能像这样躲进碉楼之中苟且偷生，算什么目标远大？算什么济世利民？在他眼中，这只是在作茧自缚，碉楼已经不能成为他的骄傲，而更像是一个坚固的龟壳，掩盖着自己虚伪的懦弱。矫枉过正的方文娴打出了"只谈风月"的逐客令，生逢乱世的近代文人只能用这样极端的方式来逃避，来感慨壮志难酬的不平。而之所以叫它"云幻楼"，也许是因为在这如云如幻的看不清方向的时代中，这里才是方文娴最好的归宿吧！

狄更斯在他的小说《双城记》中有这样一段话，也是开篇的第一句话："这是最好的时代，也是最坏的时代，这是智慧的时代，也是愚蠢的时代；这是信仰的时期，也是怀疑的时期；这是光明的季节，也是黑暗的季节；这是希望之春，也是失望之冬；人们面前有着各样事物，人们面前一无所有；人们正在直登天堂；人们正在直下地狱。"这不正是方文娴感慨的那个时代吗？碉楼借着西风如雨后春笋般地不断拔地而起，人们的生活，人们的态度都仿佛已经来到了一个全新的境界。可是，一切终究是水月镜花——这恰恰是动荡的开端，没有人可以完全摆脱大时代的悲剧，而那些寄托着希望抑或失望的碉楼之名，也随着一段段波澜起伏的故事，被冲向海岸边、搁浅、沉淀、被人拾起……

中国人的"面子"情结根深蒂固，作为碉楼最醒目的招牌，每个楼主人都对自己的碉楼名号推敲再三，就好像在创作一篇精致的骈文，语不惊人死不休。大沙镇是开平最边远的山区镇之一，位于西水的竹莲塘村，更是山上加山。然而，在这个小山村的村后，却巍然屹立着两座石垒的碉楼：名为"竹莲楼"和"竹称楼"，其中犹属"竹称楼"最为壮美。对于这个名称的由来，据说由于当时竹莲塘一带为恩平、新兴等县交界地，匪患严重，于是在民国七年，村民们便自己动手，拾山石、烧石灰垒起了四层高的碉楼。落成后，人们对楼名的选择产生了分歧，大家七嘴八舌，议而不决。这时有人提议，村中"冰壶家塾"的馆仔先生很有学问，不如请他拟个名。于是第二天，"竹称楼"这个名字便悄然诞生了。一些人觉得费解，请教于先生，先生摇着头说："古书有云，'竹称君子，松号大夫'，竹称，乃君子楼也。"

无独有偶，在塘口强亚庙东里的朱箕进为自己于1915年兴建的三层居楼命名为"危庐"——很奇怪不是吗？怎么会有人把自己的新房取名叫危庐呢？于是人们猜测，楼主是否取其"安危相易"之意，眼见危，转则"安"；又或者取自李白之"危乎高哉"句意，喻自建碉楼之"高"，但该楼仅二层半，也不太可能。最终，四处询问之下，还是楼主80多岁的孙媳妇道出了缘由。这位侨乡老妇人语出惊人："我听老爷说过，'危'是星宿名，也有长久光明的意思，并不是危险。"为了证明她的说法，有人查阅了《康熙字典》，果见"危"字的条目中写道：

"二十八宿之一，另有代表明月，清静淡雅之意。"不简单啊，这么生僻的知识，竟然被寓居乡间的他恰如其分地引用，不知是谁给了他灵感，抑或是我们总是习惯去低估前人的智慧吧？

从取名开始，碉楼便在无声无息中展开了竞争，比文化，比品位，比内涵，比气派……但并不是每一个楼主人都是学富五车的文化人，往往荣耀和虚荣仅仅一线之隔，我们猜测下的金玉其外，也许只是一个个美丽的误会，真相也许就是不经修饰的素颜。在开平百合镇矗立着一座更楼，是由当地村民于1914年集资建造的，它的名字很特别，叫"三顾楼"。这很容易让人联想到《三国演义》中刘备三顾茅庐的故事。于是很多人猜测，由于当时开平治安混乱，百姓们都渴望有一个诸葛亮式的传奇人物降临，来主持大局，还开平一个兴盛。可是后来一次次的调查研究发现，这个楼名和三顾茅庐毫无关系，只是人们希望碉楼上的值勤人员能频频环顾四周，尽忠职守罢了。

东晋大诗人王羲之与友人聚会时挥毫写出《兰亭集序》的千古佳话妇孺皆知，而在塘口镇的永安里村就有这么一座以此命名的碉楼大院，名曰"兰亭别墅"！听到它名字的人都会马上联想到：楼主人一定是一个富有才情，喜爱舞文弄墨的读书人。可现实又给我们开了一个大大的玩笑，楼主的后人余沃旋证明了他的父亲，也是命名这座碉楼的余桃均，其实从未进过学堂，也根本不懂行文书法！他靠着在古巴开洗衣店赚的钱修建了此楼，也许只是为了追求一种文化人的品位，才选中了这个儒雅的名字。

在中国传统的观念中，一些海外致富的暴发户虽然自己有了钱，可是还是在心里有着对于自己胸无点墨的自卑,他们觉得自己用钱也买不来那些学士们的饱读诗书。于是,在生活中追求文人士大夫的品位,努力靠近这样的言行举止,成了他们孜孜不倦的选择。比起如今社会中那些鄙视文化,崇尚金钱的大款们,虽然这些碉楼的主人们有些虚伪,有些做作,可是他们的态度,他们对自身局限的洞悉根本就与之有着天壤之别!百花齐放的碉楼中,有一种风采在宣扬,有一种尊重在蔓延,在影响。

不要怪我厚古薄今,金钱至上,很多时候都是常态。在开平辽阔的土地上,这些还只是特例,更多的时候,财富依旧是支撑着这座座碉楼破土竣工的最大动力,它甚至有时候可以改变这个古老民族根深蒂固的思想观念。我们已经知道了"瑞石楼"楼名的由来,也了解过黄璧秀和黄贻桂父子的争吵,可是这还不是全部,父子间关于瑞石楼的分歧和冲突从未停歇。就在瑞石楼的名字被黄璧秀敲定之时,没有想到,他用自己的字作楼名的事,却招来了黄贻桂的强烈不满——怎么说他也是当地很有影响的一个乡绅。于是,同样的情景,同样的怒气,争吵再一次上演了。

"我是你的父亲,你为什么不用我的名字给碉楼命名呢?你这样做就是目无长辈,不忠不孝!"黄贻桂忍受不了他的儿子一而再再而三地挑战他的权威,不禁厉声质问道。

黄璧秀还是保持着那份谦卑的神情,心平气和地回答说:"老人家息怒,我原先是打算用你的名给碉楼命名的。可是,我的两个儿子不同意。要知道,盖这座碉楼,不是我一个人的钱,他俩也拿出了不少港币,他们坚持要用我的名字来给碉楼命名,我也没办法啊!"

尽管黄贻桂暴跳如雷,但听了黄璧秀的这番解释,他也不得不接受了这个事实。就这样,黄璧秀凭借着雄厚的经济实力,为自己赢得了碉楼的冠名权。这一次,传统的封建观念输了,输给了朝阳。年轻一代从西方学来的"谁出资谁就拥有命名权"的先进观念,彻底改变了古老的一切,思想的碰撞在所难免,时代的变迁朝发夕至,这种开化是滚滚而来的进步,无人能挡,无人可逆!

有人为了楼名煞费苦心,咬文嚼字,可有人却化繁为简,只用最简单的数字,就可以串联起碉楼的韵味。一枝楼、两宣楼、双安楼、三星楼、三祝楼、三多楼、四份楼、四豪楼、五福楼、五权楼、五德楼、六角楼、六也居庐、七星楼、八角楼、九畴楼、九合楼、万兴楼、万福楼、十八万楼、添亿楼、亿枝楼、千亿居庐等等,朗朗上口,妙趣横生。这样大智若愚的命名,让碉楼自身也别具一格。

塘口魁冈村新魁里村头屹立着一座6层高的众人楼,楼北墙爬满了寄生的野花,使墙身披上绿衣,华丽之余又有几分沧桑感。该楼就取名为"一枝楼"。据说之所以取此名字,一是这座楼建得高,一枝独秀,其次是村人认为有了这座楼,今后可"一直乐也"。而那副楼联更是锦上添花,道尽内涵:"一劳永逸,枝寄常安。"塘口石滩村的黄柱父子三人集资兴建的居楼,命名为"三星楼"。传统的星象崇拜中,有三位星官:带来福气的福星、使人加官晋爵的禄星和给人健康长寿的寿星,也许楼主三人正是要自诩为福禄寿三星,梦想留住所有的美好吧……

即使是最简单的数字,对于一些楼来说都是奢求,它们显得如此可怜，没有或者遗失了主人为自己精心打造的名号。据说，在开平碉楼的楼名中，还有5%的楼名都不是原名，是后人为方便记忆而起的或约定俗成留下来的，较多的会按地方名，如某某村楼，另外也有按方位，东、西、南、北楼等。在塘口上下屋村，有一陈姓华侨，1898年回乡建楼时，钱被人骗走，因而居楼半途停建，久而久之人们便叫它"烂楼"。塘口元咀村关姓兄弟建的楼，因地基出现问题，楼体倾侧，事不如意，连楼名也懒得考虑，便叫作"斜楼"。蚬冈镇的"边筹筑楼"，名字起得奇特，也许是边筹款边建的缘故。而楼本身也奇特，建好后不久就倾斜了，时间一长，村里再也没人叫它原名了，也管叫它"斜楼"。到了今天，此楼越发向一侧倾斜，斜角比比萨斜塔还大，于是有些人索性改口叫它"侧楼"。

文字，就这样被岁月和智慧铭刻在了石头之上，见证着传奇的诞生。这样的列举总是数之不尽，每遇到一座碉楼，每转过一个拐角，每拨开一道垂帘，都可能发现诗情画意，都可能邂逅古今畅想：

青山不墨千秋画，流水无弦万古琴

心田留一点，世事让三分

坐为琴书显征经纬，乐在山水以观智仁

风同欧美，盛媲唐虞

>新命乘时兴大陆，共和此日建宏基

这些楼联旁征博引，各抒情怀，成了每个独一无二的楼名之下最好的注解。书写这些楼联的华侨们最大的心愿，无外乎家和国盛，他们把自己的见识和理想毫无保留地展现在了这片他们曾经遗憾过、离开过、眺望过而又重生过的故土之上。每一个人都是一支火把，而每一座碉楼就是一个烽火台，当熊熊燃烧的希望之火被一个个点着，照亮的不仅是漆黑的夜空，更是远方早已暗淡许久的征途。从被动的防卫到主动的展示，从严肃的外表到火热的内心，碉楼的崛起，给了中华文化和道德重生的土壤，让它可以在那片百废待兴的愁云惨淡之中，接触到前所未有的新鲜营养，即使风雨浇灌，依然茁壮成长。此时，我的眼前又浮现出了那些我走过、寻找过和对望过的开平碉楼：迎龙楼、铭石楼、瑞石楼、天禄楼、毓培别墅……这一连串的名字组成了为开平碉楼书写的《史记》，故事里的故事都被那些斑驳的文字——记载，保存至今，在参观者赞叹的目光中，静静等待着只属于它们的"光辉岁月"！

>今天只有残留的躯壳/迎接光辉岁月/风雨中抱紧自由/一生经过彷徨的挣扎/自信可改变未来/问谁又能做到……

读着碉楼上的文字，我在想，自己何时才能和它们、和它们被赋予的灵魂一起，高唱这段无悔的呐喊呢？

第九章　最熟悉的陌生人

——碉楼触发的人性激荡

这里不是平遥、丽江和凤凰，但是就像初见碉楼一刹那间的惊喜，你同样可以在不经意间发现这开平古邑和古邑上众多古镇的存在，它的名字出现在泛黄的史册中，它的容貌出现在定格的胶片中，春去秋来，一刻未曾改变。只是在这平静的外表下，涌动的是两个豪门家族针锋相对的时代碰撞，犹如江湖中一生相伴的两个对手，既是世仇，又是知己。他们在两条平行线中奔跑、竞争、铭记，成了最熟悉的陌生人，然而却始终浑然不知，这怀抱着海上旧梦的赤坎古镇就在他们彼此勇攀高峰的激励中生生不息，历久弥新。

如果不是朋友的推荐，我可能就要和赤坎古镇擦肩而过了。

这像极了它的命运。赤坎原先是除县城三埠和水口镇外的第三大镇，经济繁荣，人丁兴旺，教育文化蒸蒸日上，只是在战争爆发的动荡之中，三起三落，以致伤筋动骨，尤其是在改革开放后，人口向县城归拢，经济向县城集中，失宠的赤坎逐渐远离了人们的视野。无人关注，让它的经济越来越滞后，城镇面貌几十年基本都没有变化，与新的发展格格不入，镇中的人们也似乎放弃了匆忙追逐时代车轮的脚步，乐天知命。连离它不远的马降龙村落都似乎比赤坎耀眼，即使在我看来它们是同样的低调和寂静。

可是，塞翁失马，焉知非福。这一切的缓慢和静止竟然如命中注定一般，让那条印第安人的醒世格言一语成真——赤坎终于等到了自己的灵魂！

这是一个多么具有哲理的思辨啊：如今的赤坎古镇因为原始而被人们重新提起，因为古朴而成为电影拍摄的天堂，这些没有改变的、来不及改变的一砖一房，一楼一桥，竟然在绝望之中看到了绿光，看到了保留至今的价值。因为无力而在等待，却又因为等待而被拾起，它在诠释着"欲速则不达"的真谛，赤坎应该庆幸，我们更应该庆幸！

我听过这样一个小故事：20世纪90年代赤坎在拍一部民国时的电影，一位不明就里的外地人经过，看到古旧的楼房、泛黄的店铺招牌，以及来来往往长衫旗袍的路人，万分惊讶地问道："这里还没有解放吗？……"

这就是赤坎长久以来保持的气质，时光似乎永远会在这里停留、驻足，就像在欣赏一卷怀旧的黑白胶片，一会儿回到了20世纪二三十年代的旧上海，一会儿又辗转到了旧香港的码头小巷，民国印象中的朦胧和暧昧，沿着那一条条老街，徐徐展开，如梦如幻……

第九章 最熟悉的陌生人

潭江之水静静地流淌，一座弯弯的石桥横亘在两岸之间，斑驳与青苔的点缀让它陈旧的外表散发出悠远的气息，宛若时光隧道，连接起了历史和现实——赤坎古镇，就在这江水沿岸建立起来，南岸是乡村，北岸是城镇，即使如此，也看不出有多大的先进和现代，唯一的区别，也许就是那绵延三公里清一色的"骑楼"，这岭南独有的特色建筑正如之前遇到的所有开平碉楼一样，一出现就牢牢占据了我的视线。所谓骑楼，其实也是一种宜居宜商的民国建筑，因为它多为三四层，临街店铺二楼以上部分都是凸出来的，底下的空间变成了人行道，远看就像楼房骑在了马路之上。

洋洋洒洒600座骑楼，紧紧地依偎着彼此，连成一线，但是由于造型整齐一致，丝毫不会给人局促杂乱的感觉，而且凸出的楼层都有立柱或门拱支撑守护，就像一排精致的栅栏，隔离了生硬和敦实，视觉上的空间感和透明感让人分外舒畅，这种层次分明的设计仿佛是有意在拒绝华丽的堆砌，而去追寻自由的空荡与留白。骑楼和那些中西合璧的碉楼一样，几乎一楼一顶，各式的西洋屋顶壁面后是传统中式"金"字形瓦顶，巴洛克风格的尖顶装饰，镶嵌着意大利彩色玻璃的木窗，配上雕工精美的露天小台，怎么看都和不远处的开平碉楼一脉相承——在开平，很多东西、很多场景和很多情怀都似曾相识，这应该不只是巧合吧！

毕竟，这是一座历经了350多年的古镇，岁月早已在它的每一个角落刻下了沧桑，留下了风雨洗刷过的墙面上。可是漫步其间，不带目的，不带焦点，纯粹地游荡，肆意地闲逛，你会突然发现其实原始和滞后并不是多么可怕的事！我们早已习惯了用现代化的生活来填补我们的欲望，但一路上望着那些抽着水烟的男人，搓着麻将的妇女，躺在靠椅上摇着蒲扇的老人，三三两两散落在祖先营造的屋檐下，看云卷云舒，怡然自得的身影，我才瞬间明白生存与生活的区别。那些自然的笑容倒映在被夕阳染红的潭江水中，与一排排骑楼水中的镜像一起，娓娓诉说着这个古镇独有的固守和倔强！

而这种倔强，他们是最好的代言人。

他们不是一个两个人，也不是一代两代人，而是两个百年家族，两个陪伴着赤坎崛起，支撑着赤坎发展，也目睹过赤坎风雨飘摇的豪门——司徒氏和关氏家族。

就像一个硬币的两面，你很难说起司徒氏，而不提到关氏，也很难赞扬起关氏的贡献，而忘记与司徒氏做一番对比。从他们的祖辈进入赤坎的那一天起，这里就刻下了属于两个大家族深深的烙印，一代又一代。

史料记载中司徒氏和关氏家族定居赤坎的历史可以追溯到北宋年间，前者来自河北，后者来自福建。这一南一北的差异，让他们成了天生的对手，北方人的豪迈遇到南方人的精明，是共存还是排斥，是竞争还是合作？这一举一动的微妙都牵动着赤坎敏感的神经，也一次次掀开了它波澜壮阔的历史画卷。从清朝初年开始，司徒氏家族率先在赤坎镇开设集市，供当地的乡亲们互通有无。关族人当然不甘心，他们同样把自己的集市迁移到了距离司徒氏不到一里的地方，大张旗鼓地经营着自己的生意——暗战，从这时候就打响了！逐渐，随着势力的扩张，两个家族都建立了街道，经商场所就这样固定起来。直到清朝康熙年间，赤

第九章 最熟悉的陌生人

坎已经成了开平最重要的三个集市之一。

繁华，从来不会空穴来风，竞争的结果不仅让司徒氏和关氏的基业蒸蒸日上，也如"鲶鱼效应"一般带动了赤坎的激情。这片古老的土地上，这个沉寂的小镇中，世界为之改变了！

在这个广东威尼斯水城的怀抱中，潭江水优雅地贯穿而过，它把赤坎泾渭分明地分为上埠和下埠，上埠姓关，下埠姓司徒。所有人都会说，"一山不能容二虎"，可是这难以避免的龙争虎斗，却看不见硝烟，听不见呐喊。历经了百年之久的两大家族似乎冥冥之中达成了某种非凡的默契，是敌人，是对手，但更像是知己。我想起了"空城计"中的两个主角，旗鼓相当地对抗了一生，一丝一弦的交流尽在不言中。人们更愿意把他们当作朋友，一对站错了舞台的朋友，如果可以拨开那些附加在彼此身上沉重的立场和宿命，一定会发现他们竟是如此相像，如此志同道合吧。

这些念想也许他们永远都不会承认，因为表面上的风起云涌一刻未曾停歇。从清代到民国，从自力更生到海外互联，凡是司徒氏有的，关氏家族也必须要有，强大的宗族意识渗透到生活的方方面面，赤坎镇的风吹草动就是两大家族的晴雨表。比如司徒氏的中华基督教长老会礼拜堂与关氏的中华基督教堂循道会礼拜堂、司徒氏的开平县立中学与关氏的侨联中学、司徒氏的《教伦月报》和关氏的《光裕月刊》等等，还有小巷中那数之不尽的商铺甚至是电影院，都是成双成对出现的，争先恐后。而最特别的，你只需要稍稍仰头张望便能一览全貌，那就是两个地标性的宗族图书馆——建于1925年的司徒氏图书馆和1931年落成的关族图书馆。

正如在一片片低矮的民居之间赫然出现的醒目碉楼，两座夹杂于骑楼群间的图书馆同样鹤立鸡群。一个立于堤东，一个立于堤西，遥相呼应，连建筑形式和风格都分外相似。这两个代表着赤坎宗族的图腾屹立80年不倒，见证着明争暗斗，分享着荣辱与共。在这两个巨人的周围聚集着成千上万的族众，他们仰望的目光伴随着每天的日出日落，像是一种朝拜，像是一种信仰——图书馆，早已成了司徒氏和关氏心中高高飘扬的旗帜。

到底是附庸风雅还是高瞻远瞩，我决定一探究竟！

慢慢走近其中之一的司徒氏图书馆，才能真正体会它们的内涵和灵魂。"未见其楼先闻其声"，图书馆那平静的外表下，却有一颗浑厚激荡的心在不停跳动，这颗心，就是那镶嵌在图书馆顶端的大钟。这个大钟是1926年旅居加拿大的司徒氏华侨慷慨捐赠的，还是美国波士顿的名牌机械钟，上一次发条就可以运转一周之久。洪亮悠远的钟声至今仍定时定点回响在这片宁静的小镇上空，为这里平添了许多生气，周围的人们也已经习惯了依照它来规律作息，对于他们来说，这个大钟不仅仅是一个摆设，更是生活的好伴侣。它把自己的呐喊一直带在身边，这么多年，仍尽职尽责，用分分秒秒记录着古镇的节奏。

远远看去，这里好像并不像一座图书馆，而更像是一间西式的教堂。与碉楼的修建异曲同工，出自开平华侨之手的司徒氏图书馆同样具有浓厚的欧式建筑风格。第一层高大的窗户两边是红砖垒砌的西式窗柱，古罗马式的三角形窗楣与西式窗柱相结合，简单大气，为图书馆独有的书卷气做了最好的铺垫。第二、第三层各有一个内走廊，淡黄色的葡萄牙式立柱与古罗马式的拱券相连，立柱之间设置了镂空的护栏，恰到好处地凸显了层次感，精致得犹如微雕。三楼楼顶的正中是由民国时期著名书法家谭延闿题写的"司徒氏图书馆"匾额，墨宝添书香，让中国传统建筑的装饰之美、书法之韵点缀其中。除了外墙因风雨冲刷而略显苍老外，整个司徒氏图书馆依然坚固无比。

纵然古老的它已经无法与那些现代化的华丽图书馆一较高下了，但是踏实如它却更接近图书馆的本质，天然去雕饰，让我们可以用心聆听智慧的独白。

带着对于知识的憧憬进入图书馆内参观，在这里，岁月因为人们的悉心照料而放慢了脚步，楼内每层的地面都是做工精细的彩色意大利水磨石，至今平展如初，没有裂缝和漏水现象发生，可见当年建筑工艺的精湛。大门右侧是侨报《教伦月报》编辑部，随手翻阅，内容多是司徒氏家乡大小事迹的报道，小到谁生了儿子、谁娶了媳妇等琐碎事，看似可笑，但旅居海外的游子也可借此多知道一些家事，一解思乡之愁。

环顾一楼四壁，陈列的都是司徒家族的名人事迹，有的是政界俊杰，有的是侨界领袖，有的是画坛大师，有的是学界名流，像上海的著名指挥家司徒汉、爱国华侨领袖司徒美堂、摄影家沙飞（司徒传）和1990版100元人民币四领袖头像创作者雕塑家司徒兆光等等，文人辈出，英才遍地。到了第二层就成了书的海洋，这里藏书竟达到三万多册，其中不乏《四库全书》《万有文库》等鸿幅巨著，还有不少世界名著的翻译本。这仅仅是一个镇级图书馆啊，如果不是司徒氏的全情投入和苦心收集，怎么会有今天日积月累的硕果？

　　逆境中才能看出坚持的价值，在那些动荡的岁月中，司徒氏家族一直以"教以人伦"为族训，近代本族华侨在海外谋生的艰难屈辱，更加让他们体会到发展文教，开启民智的重要。这个应运而生的图书馆正是这种希望的投影，也许对知识文化的尊敬和弘扬才是这个家族生生不息的奥秘吧。更加难得的是，虽然是家族图书馆，可是它始终面向民众开放，孜孜不倦地为其提供学习的机会。在封建狭隘思维的统治下，这种豁达在中国的城镇之中绝无仅有。我忽然想起了宁波的藏书至尊"天一阁"，同样是古老的家族图书馆，同样是一代一代的传承，但是高傲的天一阁从来只允许大师级别的人物入楼阅览，恪守传统藏书馆"只藏不借""只藏不用"的思维，曲高和寡的同时似乎也失去了藏书的终极意义。这种差别来自开眼看世界的勇敢，来自惊涛骇浪后的见识，那些金山伯，那些时代的弄潮儿，为开平，为这个古老顽固的旧世界注入了前所未有的观念和思想，这潜移默化的改变，点点滴滴地出现在碉楼上，出现在图书馆中，出现在每一个精彩的重生的芸芸众生之间，带来不属于那个时代的震撼！

　　一直都徜徉在司徒氏的大气之中，却始终不肯忘记那另一边的豪迈。相似的外形，相似的布局，还有相似的不遑多让的珍藏典籍，关氏图书馆不服气的态度仍在其中延续。那顶楼的大钟，换成了德国货，内部收藏的同样有《四库全书》和《万有文库》，还有一套堪称珍品的《二十四史》，得到实属不易。据说，当时关氏的归国华侨得知自己的图书馆与司徒氏的图书馆大小相当时，竟然临时停止了计划，再一次加大投入扩建，非要分一个高下才会罢休。攀比和竞争，伴随着两个家族的奋斗史，许久不曾褪色。

有些人总结得好：司徒氏多出文化名人，而关氏善于经商。本想在关氏图书馆找到一些著名的商人，可找到最多的也还是与司徒氏如出一辙的文化名人。像开创粤语片先河，在上海创办"中国影业有限公司""联华影片公司"的电影导演关文清；曾演过99部《黄飞鸿》，当年与蝴蝶、阮玲玉等合作的表演家、艺术家关德兴；还有女画家关曼青。只有两位关氏商人被列入名人堂：一个是新加坡的关英才，还有一个是加拿大的关则怡。但他们都设立了以他们命名的文化教育基金会。难道关氏是觉得商人不适合登堂入室？但是从关氏地界遍布典当行和银楼来看，他们确实善于经商，而且关家的孩子上学成绩也始终不如司徒家的少年。直到80年代末，一个叫关颖聪的关氏子孙一鸣惊人，一举夺得广东省高考状元，大大长了关氏的志气，此后他所有的学费全部由本族华侨资助。在关氏人的眼中，把钱用在教育上远比用来"投机倒把"来得高尚。那个时代商人的社会地位仍不被承认和重视，关氏同样摆脱不了这个传统的观念，所以兴建图书馆成了他们可以自救的好机会。有一个如此好的对手和榜样在身边激励，关氏找准了方向和价值——"万般皆下品，唯有读书高"，这种觉悟是知耻而后勇的奋发图强，他们始终相信，能改变命运的只有这样的上下求索。想想如今许多所谓的"读书无用论"，我们不会觉得惭愧吗？

两个最熟悉的陌生人，在互相比照的镜子中维持着彼此的平衡和优越感，仿佛是两块磁铁，当奔向同一个目标时相互排斥，针锋相对，但是翻转到另一面，发展和提高让他们又不约而同地把目光投向对方，汲取营养和动力，渴望吸引和碰撞。随着关族和司徒氏各自势力扩展，逐渐向中间靠拢，就难免产生争执。民国的开平县志记载，两族互争市场，几乎打起来，最后还是在政府部门的协调下才解决。于是在1908年，两大家族牵头，司徒懿凤和关荣耀等人就创办了赤坎商会，负责管理商户，解决商业纠纷，筹建马路等，会长则由两大家族轮流担任，力保公平公正。

"没有永远的敌人，只有永远的利益"，慢慢地，冰山动容了，两个家族的关系开始发生了微妙的变化，也许连他们自己都没有察觉到。累了，不想再戴着面具伪装下去，不想再虚伪地拒绝完美的双赢，走过了那些钩心斗角的竞争岁月，司徒氏和关氏开始从内心尊敬和感恩起彼此来。这种惺惺相惜的情谊其实早已生根发芽，只是没有合适的阳光和雨露让它破土而出，茁壮成长。"天下大势分久必合"，如今，历史的硝烟散去，他们也早已消除了攀比竞争的意识，轻松地互相往来。两大家族每年都会召开联欢会或者座谈会，并诚挚邀请对方代表参加，后来又成立了赤坎商会，由两大家族轮流主持。还有一直被当作忌讳的家族间通婚也从几十年前就解禁了，双方的红线架起了一道道鹊桥，让两大家族终于走到了一起，没有争执，没有防备，一片歌舞升平。

"海日生残夜，江春入旧年"，新旧交替不可避免，人性同样如此。从激荡到平静，再到相濡以沫——从来只见新人笑，不见旧人哭。

怪不得赤坎会成为"电影天堂"，这与生俱来的戏剧性在两大家族分分合合的演绎中鲜活起来——历史本身就是一出最好的剧本！赤坎独特的外形和韵味,当然吸引了无数电影工作者的目光。自从《三家巷》《香江风云》《廖仲恺》和成龙主演的《醉拳Ⅱ》等影片在此拍摄后,赤坎一度成了他们心中的"东方好莱坞"。随后,香港的《六两金》、八一厂的《南线大追歼》、中央电视台的《香港的故事》,越南作协制片公司和珠江电影制片公司联合摄制的《阮爱国在香港》等一些影视片也相继在赤坎取景开拍,如今,两大巨制《让子弹飞》和《一代宗师》,还有最近的《明月几时有》等大片的星光又把这里照耀得闪闪夺目。然而一切的场景和意境都不会超越赤坎的沧桑和古朴,它是什么样,拍出来就是什么样,没有加工,无须修饰。电影虽然是艺术,但在这里也只是还原和追忆。

还原的不仅是风景,还有味道。走着走着,一股奇特的香味扑鼻而来——不会错的,那就是赤坎著名的煲仔饭,尤其是色香味俱全的黄鳝牛肉饭了。简陋的食肆挡不住这绝佳的风味。黄鳝饭的正宗做法是,把生的黄鳝用刀砍掉头部,让喷涌而出的鱼血洒在砂锅中已经淘好的米上,一开始用柴火小煮,差不多时,把切成丝的已经调拌好的鳝鱼肉放到米饭上继续煮,米饭刚生成锅巴时就可以上桌了。这时飘出的香味让人垂涎欲滴,也许真能"绕梁三日不绝"吧。广东"煲仔饭"很多,只有赤坎的最地道。看来岁月不仅没有带走骑楼和商铺,也没有带走赤坎人的口福啊!

骑楼默默水波苍,倒影同行一色装。

故事曾经留雅客,侨乡未许寄愁肠。

沧桑碉楼

盼圆恨缺恰追月，染墨吟诗常赶场。

古镇自眠中国梦，潭江两岸驻芬芳。

诗人的吟诵让赤坎的古朴更加纯粹，它就是这个时代的遗珠，却没有人可以指责它的落后。它也繁华过，它也年轻过，它曾在双龙戏珠的巅峰上肆意挥洒，它曾在枪林弹雨的笼罩中卑躬屈膝，它征服过别人，也被别人征服，只是，无论何时，它总是与时代同步抑或互补，活得如此洒脱！赤坎，像一个不愿走出童年的倔强的孩子，少年得志却又盛极必衰，然而却怀抱梦想，从未失去自我！

再次回望那守卫在江边的一排排骑楼，每每两扇拉长的木窗和下面的门拱在我的眼中竟然幻化成了一个个张着大嘴、瞪大双眼的夸张脸孔，齐齐地望着隔岸几座零星的现代大楼——我不禁哑然失笑："不用那么惊讶和羡慕吧，其实，你们拥有的，才是如今这个纷扰的世界中梦寐以求的希望啊……"

第十章 刻骨铭心的历史见证

—— 抗日碉楼的使命

如果把开平碉楼比作一种人生,那么它华丽的崛起就是那段难忘的童年和青春,肆意挥洒着激情的汗水,那时的它骄傲、冲动、任性。而随着光阴的故事在流转,三十而立,四十不惑,五十知天命,年少无忧无虑的它终于走到了时代的风口浪尖。那一声声炮火,打破了古老大地的平静,家、国和它一样,在这一刻摇摇欲坠。此时的碉楼才知人世的残酷,曾经的簇拥一去不返,曾经的宠爱烟消云散,养尊处优的它面对的是人生路上前所未有的挑战。当怀疑和怜悯并存,碉楼是否还依然坚强,是否可以扛下这保家卫国的使命,谱写一曲荡气回肠的不朽赞歌呢——每个人都拭目以待!

开平碉楼一开始就是为防盗、防匪而生的,这也许就是它一生的宿命。即使它越来越华丽，越来越挺拔，一如"开平第一楼"瑞石楼的雄伟壮观，一如屹立四百载的迎龙楼，历久弥新。可是，岁月转过四季，厌倦了平静，厌倦了单一，似乎又想来考验这些碉楼们的信仰，于是，在烽火连三月的残酷中，宿命再次降临！

那段中国历史上最屈辱的故事，在侵略者的铁蹄之下，在法西斯的残暴之中，许多人的命运仅仅一夜之间，就这样被改变了。而他们，也曾经主宰过命运，那些金山映衬的荣耀，仿佛在昨天，仍旧历历在目。

1937年7月7日，一个本应该平常的日子，可是冥冥之中却成为了历史的开端。横跨永定河的卢沟桥上，日本军队以莫须有的罪名，悍然进攻宛平城，炮火之中，中国人民全面抗战的序幕徐徐拉开！开平的寂静终于没有持续多久，1938年，日军入侵广州市，正式展开了蓄谋已久的"南进计划"。而到了1941年12月8日，震惊世界的一幕出现了：日军以迅雷不及掩耳的速度偷袭了珍珠港，太平洋战争爆发。同一时间，大举进攻中国的香港，马来西亚和菲律宾等地，直到12月25日，与开平咫尺相邻的香港沦陷。此时，一批批正在香港做生意的开平乡民遭遇了灭顶之灾，而"开平第一楼"瑞石楼的主人黄璧秀便不幸成了其中之一。战争开始后，他的生意纷纷倒闭，一落千丈，最惨的时候，只能靠吃炸过油的花生饼度日。为了不连累家人，黄璧秀把家眷亲属都赶回了开平老家，只留下自己的两个儿子困兽犹斗。父子三人在凄凄惨惨中，偶然误吃了发霉的花生饼，竟然全部中毒身亡，死于非命了……

对于那些身处异地的华侨们来说，虽然相隔万里，可是家乡的一切都无不成为自己最执着的牵挂，尤其当抗战的消息传来，那种撕心裂肺般的思念就一直挥之不去。众多的开平碉楼中有一座名为"六也居庐",他的主人叫谭华强,抗战开始后,身在美国做生意的他就与家人中断了联系,那些寄出去的信件都如石沉大海,杳无音信。1934年的除夕之夜,当所有人都沉浸在合家团聚的幸福中时,谭华强却独自一人,痛苦万分。那一夜,他忽然晕倒,不省人事。没想到,这一次他再也没有醒来,第二天就去世了,年仅48岁。一个人的离去,往往让一个家族绝望。消息传回国内,"六也居庐"上空愁云密布——这个家,失去了最坚强的依靠,今后的路,该何去何从?

谭华强有一个儿子叫谭国材,父亲去世时他才读小学。而就在不久前,他还用自己稚嫩的小手给远方的谭华强写信,信中他满怀希望地想让父亲给自己带来一个外国的玩具,再加上一块钱美金作纪念。这个小家伙从来就没有见过美金,他只知道这就是父亲为之奋斗的金山!可惜,就连这个小小的愿望,也再也实现不了了。父亲的离去仿佛让小国材一夜之间长大了,年幼的他退学在家,帮助辛劳的母亲料理生活、插秧、除草、挑水。由于家里一下子变得拮据,这个14岁的孩子还要和母亲一起卖衣服维持生计。一次由于装衣服的袋子太大了,他被绊倒在地,膝盖上渗出了血。可是坚强的小国材费力地爬起来,笑着对母亲说:"没事,妈妈,我不疼,爸爸要是在天上看见了会说我不像男子汉的……"

时代的悲剧无人幸免,而这里更像是一座围城,外面的人想走进来,里面的人却想走出去。还记得立园大花园后面那个未完成的梦吗?在如今这个叫作"读书亭"的地方,园主谢维立本来想修建一所学校,树木树人，可是随着抗日战争的爆发，所有的计划只能被搁浅，他被迫前往美国躲避灾难，从此以后就再也没有回来。

在开平，在香港，在美国，战争之殇不断在上演。无论是离去还是回归，无论是忧伤还是愤慨，在国家、在民族生死存亡的时刻，任何小爱都抵不过大义。峥嵘岁月中，永远会有呐喊，这呐喊，回响在开平碉楼的上空，激励着不屈的灵魂，保家卫国！

1941年3月3日，日军出动数千兵力第一次踏上了开平的土地，开平终未幸免。同年9月20日，日寇对开平的第二次扫荡开始了，这一次，整整持续了八天。还要无动于衷吗——抗日战争中，没有人可以坐以待毙！开平的人民不会就此屈服，他们毅然走出了图书馆和电影院，走上大街，不断掀起救亡运动的高潮。在抗日民族统一战线的旗帜下，各种爱国团体如雨后春笋般涌现：教师抗日会、政治抗日大队和广东青年抗日先锋队等等。这种热情同样感染了远在他乡的开平华侨们，他们同样是抗日运动最坚强的后盾！这些曾经的金山伯们联系港澳同胞，积极捐款捐物，用行动支持祖国抗日。像已经去世的谭华强，他生前就一直在美国奔走呼号，宣传抗日，后来在他的遗物中还发现了"航空救国券"这样的集资物品。为了抗日，美国华侨还开办飞机工厂，帮助祖国生产战机与日军作战。为了阻止美国卖废钢铁给日本，侨胞们开展"不供给运动"，拦阻运载废铁的轮船装货、启航到日本。红心汇聚，勇不可当，在这片已经被怒火点燃的土地上，还有什么可以阻挡如汪洋大海一般的爱国意志？

在这些可爱的开平人民身后，永远矗立着那一排排目光如炬的碉楼，它们的命运却忽然走到了十字路口，差一点，我们就再也看不见它们的身影了。1944年6月24日到29日，短短五天时间，水口、公益、三埠、斗山，这些开平周围的乡村相继沦陷。唇亡齿寒，日军轻易地攻入，占领开平当作据点，很多民居和祠堂都成了日军临时的军营——开平最大的危机来临了！

敏感的国民政府把目光停留在了开平的碉楼身上——日军在华北地区时曾大量修建了类似的碉堡等防御设施，而开平如此庞大的碉楼群会不会被敌人利用呢？于是，心惊胆战的国民党省政府在开平城乡之中广而告之：要求民众把碉楼拆除！碉楼和战争，这无法逃避的联系，瞬间让它们的未来变得如此岌岌可危。但这一次，早已把碉楼当作生命伴侣的侨乡民众却展现出了前所未有的反抗精神，他们坚决抵制这样的行为，而陈述的理由也如此义正词严：这些碉楼本就具有防御的功能，而我们自己也有抵御土匪时留下的武器，完全可以自己保护自己。而且，这些碉楼都是我们的私有财产，保护着我们的生命，如果拆除，那么安全就更没有保障了！孰轻孰重，一目了然！

如果在其他的地方，这些诉求也许只能深埋心底，传统的逆来顺受会支配所有的选择。可是，这里是开平，这里是沐浴过西方文明的崭新土地，人们知道什么属于自己，什么应该争取，对于这些亲人们留下的精神寄托，任谁也不可亵渎，任谁也不可侵犯！强大的舆论压力最终让政府妥协了，他们重新做出了决定：如果有条件用碉楼进行抗日的可以保留，否则还是要拆除……

碉楼终于保住了，是曾经忠心护卫的主人，给予了它们第二次的生命。我们不知道，究竟是人们拯救了碉楼，还是碉楼拯救了人们？是谁赋予了开平民众如此大的勇气和执着，是谁在潜移默化中改变着人们的性格和灵魂？"自助者天助之"，不抛弃，不放弃，人与碉楼早已融为了一体，难分你我。这种气质，唤醒的不仅是涅槃的斗志，还有传承的信念！

碉楼，就这样被卷入了抗日大潮的洪流之中，成为开平部署防守反击战略的一分子。有碉楼的地方，就一定有故事，但似乎没有哪一次，如这般可歌可泣，因为这里有七张曾经青春洋溢的面孔，他们和那座碉楼一起，渴望放飞生命，换回那梦想中的太平盛世！

在那个动荡的岁月里，很多海外的热血青年们纷纷回国参军，投入到家乡热火朝天的抗日洪流中，仅从日本归国参加抗战的青年就有8000人，从缅甸归国参加抗战的青年160人。而只有30多岁的开平华侨司徒煦就是其中的一员——司徒氏，这个赤坎镇首屈一指的大家族，在每个历史的十字路口，都会涌现许多被后人铭记的风云人物，指引着这片岭南土地上最壮丽的传奇。司徒煦原本旅居南洋，抗战爆发后，他毅然回到了家乡开平的赤坎镇参军，后来在广西经过严格的军事训练，逐渐成长为一名出色的战士。1944年6月，司徒煦被任命为"司徒氏四乡自卫团队"驻南楼分队副队长，这个全部由司徒氏的后辈青年们组成的民间自卫组织，把活动的基地选择在了一座碉楼里，它的名字叫作"南楼"。

"放眼潭江岸，四乡多碉楼，黑夜防盗贼，卫国抗日寇，英雄儿女名垂千古，且看潭江江岸屹立南楼……"这首《潭江小唱》在开平妇孺皆知，连小孩子唱起来都有滋有味。南楼，这座连一个别致文雅的名字

第十章 刻骨铭心的历史见证

都没有的碉楼,在日日夜夜的传唱中,竟化身为了开平、化身为了抗日精神的图腾,如今的千疮百孔,每一处都是一种呐喊,都是一份沉甸甸的坚守。

滚滚的潭江水养育了万千开平儿女,也见证了南楼的诞生。它就矗立在潭江北岸岸边,周围没有一座与之并肩的伙伴,形单影只,却意义非凡。南楼是由司徒氏家族的村民与海外华侨于1912年集资修建的,楼高19米,整个楼用钢筋混凝土筑成,没有一丝的花哨和雕琢,肃穆异常。因为建造它的目的性很强,所以碉楼的防御性便凸显得淋漓尽致。南楼共有七层,每一层都设置了枪眼,或明或隐,而用钢板打造的门窗厚度足足有4厘米,坚固的墙体牢不可破,身在其中,顿感高枕无忧。站在南楼顶俯瞰潭江,每个细节都一览无余,一丁点的风吹草动都逃不过它的双眼。碉楼北靠东降龙公路,扼守着潭江和陆路的交通要塞,这天然的地理优势难怪会让它成为兵家必争之地,而它的命运,和它背负的使命一样,在抗日战争的炮火中淬炼、坚守、挣扎、涅槃。

1945年7月,历经十四年之久的抗日战争进入到了全面反攻的阶段,日本侵略者终于陷入到了人民战争的汪洋大海之中,四面楚歌,再也掀不起任何的波澜了。此时,占据着海南岛的日军也如丧家之犬一般决定越过潭江北上广州,而当他们踏过雷州半岛准备继续往开平前进时,却发现在水上交通要道的线路图上赫然出现了一座伟岸的碉楼,它就是南楼。危机终于降临:7月12日,作为开平屏障的阳春、阳江两县迅速被日军攻占,开平的部分地区也相继被侵占。好在南楼所在的赤坎镇仍处于抗日武装的保卫之中,尚有喘息之机。但是到了7月16日,狗急跳墙的日本人还是集中3000多兵力攻陷了赤坎镇，中国抗日自卫军死伤无数，就连那个著名的司徒氏图书馆竟然也成了日军的指挥部。现在，在这些侵略者的眼中，只剩下了最后一个眼中钉、肉中刺，那便是仍然还有着武器装备的南楼。这一刻，南楼背后流淌的已经不是潭江，而变成了韩信身后的汉水，变成了霸王身后的乌江，是背水一战还是自刎取义，答案由谁来解答？

南楼之中，此刻只剩下了七个人！这是为掩护当地群众和大部分自卫队员撤退、自愿留下阻击日军的"南楼七壮士"！

英雄们就在这样悲壮的舞台上登场了！一切的选择都取决于碉楼中这七名同为司徒氏的壮士们，其中就包括那个归国参军，名叫司徒煦的年轻人。他们中最大的有38岁，最小的只有17岁，花一般的年纪，未曾绽放就要枯萎吗？没有人知道那时候他们七兄弟心中的感受，恐惧？麻木？还是坚强？无畏？历史把他们推到了生死一线，接下来的每日每夜，每分每秒，注定不会平静！

7月18日，日军趁着夜色包围了南楼，随即用机枪对碉楼进行了第一次攻击。一阵扫射之后，子弹遇到钢筋混凝土的墙体后，除了擦出星星点点的火光，脱落了几片墙皮外，就再也没有留下任何大的痕迹了。敌军们心中暗暗惊讶，想不到这个中国乡野间的简陋建筑竟然会如此牢固！于是第二天，日本侵略者用大船顺江而下运来了多门大炮，在南楼潭江对面和西面依次排好，炮口就正对着南楼，这一次，他们似乎志在必得。几声轰鸣之后，只见南楼巨大的身躯猛然开始晃动，随即就只留下死一般的寂静。日军立刻欢呼起来，都以为如此大的威力早已把楼内的人震成碎片了。很快,一个得意扬扬的日本兵蹦出掩护的队伍奔向南楼,想亲自来邀功。忽然,从碉楼的枪眼中冷不丁地飞出一颗子弹,毫无戒备的小鬼子应声倒地——似乎神灵保佑,碉楼内的自卫队七壮士竟全都安然无恙!

日军又一次被惊呆了,南楼的坚固程度远远超乎了他们的想象!后来的几天里,他们又陆续调来了大量的炮弹,轰炸一次比一次猛烈。终于,南楼的北墙被打穿了几个大洞。可是神奇依然在继续,一阵沉寂过后,冒失的敌军重蹈覆辙,又有两名日军被碉楼内射出的子弹击毙。他们看到的只是不断破损的碉楼,但是却完全看不到胜利的希望。碉楼的秘密在哪里呢?原来当时的南楼被大量茂密的竹林掩盖,日军炮击的目标仅仅是高出竹林的碉楼的上面部分,而七位聪明的勇士已经悄悄地躲到了底部三四层之中,从而隔岸观火,幸免于难。

这一切日军当然不会知道,在他们眼中,南楼似乎被神化了,至少现在他们所能做的就只有等待,因为谁都明白,时间就是这七个人最大的敌人!7月23日,这一天已经是七位勇士坚守南楼的第五天了,碉楼中最初储备的30多斤大米、一大缸清水、一盒火柴、200斤石灰粉、千余发机枪子弹,还有几条步枪和短枪,都已经快被消耗完了。面对就要弹尽粮绝的困境,其中一个勇士来到楼顶,把一个碗倒转过来高举着,向远处的村民们做着求救的手势,告诉村民已经水尽粮绝了。可惜南楼被重重包围,村民无法靠近半步,更别说支援救助了!束手无策的群众只能祈祷着老天的眷顾,可是一连几天,连一丝雨水都没有下,无粮又无水——七个饥饿的身躯该如何抵挡冰冷的刺刀?这个问题连他们自己都没有答案,有那么一瞬间,他们不约而同地想到了自杀就义,以免落入敌手受尽凌辱。于是,在南楼第三层的一面墙上,刻下了这样一篇遗书:

  我等坚守腾蛟,历时多日,未见救援。敌人屡劝投降,我们虽不曾读诗书,但对于尽忠为国为乡几字,亦可明了。现在我们已毙敌十六名,亦已及相当代价。现在我们各同一心,于中华民国三十四年六月十五日,自杀于腾蛟南楼。留语族人,祈敌人退后,将此情况发表于报纸上,则同仁死亦心甘矣!

  遗书写好了,但是曾经渴望着杀身成仁的七勇士们在最后一刻并没有选择做自刎的西楚霸王。在他们每个人的心中,仍然抱有一丝生的希望。两次成功的抵御给了他们信心,他们觉得自己还有能力还击,还有能力等到救援军的到来,或者,敌人会选择放弃。可是命运没有给他们这样的机会:在离他们不远的赤坎一带,驻守的国民党军队早已跑到山区去避风头了!这一切七壮士一无所知。久等不来援军的队伍,他们只有靠自己了。在南楼的第六层有一个炮弹炸开的大洞,七勇士想找机会趁夜悄悄爬下去。只是这最后的希望也破灭了,由于这几天他们需要楼上楼下不停奔跑射击、躲避,体力消耗殆尽,他们连突围的体力和勇气都燃尽了,再加上日军昼夜不息的严密防守、火力封锁,七壮士根本无法突围……

  而在另一边,迟迟无法前进的日军震怒了,他们怎么也料不到这条水上交通要道竟被几个毛头小伙子延阻了如此之久！于是，日寇不顾国际公约，竟然惨无人性地使用毒气弹攻击。7月25日晚，几颗带着死神印记的毒气弹飞进碉楼后爆炸，七壮士全部中毒晕倒了。日军迅速用楼梯架在南楼墙上，撞开铁门和铁窗，把中毒昏倒的七壮士押回日军设在司徒氏图书馆的大本营——英雄最后的黄昏，悲剧终究上演！

1945年7月26日，天阴沉沉的，等待七位勇士的是最惨无人道的报复和残杀。日军挖下他们的眼珠，把他们的耳朵、鼻子和手指脚趾一点点地砍下来。这非人的折磨并没有让他们屈服，七壮士还不停拖着残缺的身躯，痛骂面前的日本鬼子，高呼"中国必胜"的口号。气急败坏的日军把七壮士全部肢解、示众，最后抛进了潭江之中——烈士的鲜血染红了滚滚江水——那一刻，天地动容！

"南楼七勇士"的事迹很快在赤坎镇、在侨乡传开了，乡亲们自发地聚集在潭江边上，用尽一切办法打捞英雄的遗体，最后在浅滩之上发现了六具尸体，还有副队长司徒煦的尸体不知所终，也许已成为了碎片，身首异处，再也寻不到了，于是人们只能带着遗憾和崇敬将六位烈士的遗体和司徒煦生前穿过的衣服放在一起隆重安葬，告慰这些不屈的灵魂——当年屈原投江，百姓投掷粽子护身的一幕再次上演了！历史总是惊人的相似，为国捐躯的大义即使消逝于天地之间，可是却永远无法被这怒涛倾覆、吞没……

我好恨

恨我没早生一个世纪

> 使我能与你对视着站立在
>
> 阴森幽暗的古堡
>
> 晨光微露的旷野
>
> 要么我拾起你扔下的白手套
>
> 要么你接住我甩过去的剑
>
> 要么你我各乘一匹战马
>
> 远远离开遮天的帅旗
>
> 离开如云的战阵
>
> 决胜负于城下

军旅诗人晓桦的诗句表达了此时的心声,所有的不甘和怒火只待这一天的到来——1945年8月15日,也就是南楼七壮士牺牲后的第二十天,日本帝国主义正式宣布投降,抗战终于胜利了!8月25日上午,为了纪念南楼七壮士的英勇壮举,在赤坎镇国立开平中学的广场上举行了声势浩大的追悼大会,江门四邑三万多民众从赤坎镇一路排到南楼脚下,似乎在迎接英雄亡灵的回归。而令人欣慰的是,1947年3月4日,广州国际军事法庭之上,直接导演南楼杀人惨剧的日军指挥官崛本武男被判枪决,立即执行!随着四声正义的枪响,终于为七壮士报仇雪恨了!只可惜,七壮士再也看不到这一幕了,他们走得太急,只如流星般陨落。时光转到1999年,开平市政府筹资300多万重新修葺了南楼,在司徒氏图书馆的对面建造了一个"七烈士纪念馆",在南楼原址建成了南楼纪念公园爱国主义教育基地,增设七壮士纪念馆、楼牌,并在离南楼不远的地方增建了一尊七壮士的雕像，七壮士每个人都摆出战斗的姿势，目光如炬，永远地凝视着前方……七壮士的背后，是依旧斑驳沧桑的南楼。当年没有实现的诺言，如今终于可以一偿所愿了，"化作春泥更护花"，美丽的开平，不正是他们用热血和生命换回的太平盛世吗？

忽然发现，南楼其实并不孤独，在开平广袤的土地上，"光周楼""西安楼""兆楼""中山楼"，这些听起来名字不怎么响亮的碉楼，却都在抗日战争中留下过自己英勇坚守的壮烈事迹。抗战时期，侨乡这片英雄的土地上，英勇的侨乡军民与日寇进行了大大小小1200多场战斗，枪林弹雨中，碉楼，与英雄的侨乡人民一样，无怨无悔，宁死不屈，时代没有赐予它们长久的宁静，可是这又有什么关系呢？当硝烟散尽，春去秋来，迎接的又将是冉冉东升的旭日，轮回的又将是保家卫国的使命，不屈不挠，生生不息！

看着一座座碉楼的千疮百孔，追忆着那些峥嵘岁月的片段，我的脑海里只浮现出两个字：壮烈！

第十一章　世界遗产的告白

——我们属于历史，我们更属于世界

曾经的它默默无闻，曾经的它被人遗忘，可是因为一个称号，一份荣誉，它的身影和故事瞬间被世界铭记。世界文化遗产的名录中灿若星河，作为资历最年轻的一张面孔——开平碉楼，它是否感到人微言轻，是否果真名副其实？从迎龙楼到瑞石楼，从自力村到马降龙，一连串的惊艳世人的亮相，让世界文化遗产的灵魂得到了印证，这是所有开平人的骄傲，这是所有海外华侨的自豪。当开平碉楼开始登上世界的舞台，等待它们的不仅有鲜花也有观望，看着它们对于历史的忠诚，对于文明的坚守，人们无不感叹：这个微型的世界长廊终于长大了！

当我即将结束开平碉楼之旅的时候，一条让所有中国人惊喜和振奋的消息第一时间传遍了大江南北：中国作家莫言获得了2012年诺贝尔文学大奖，成了有史以来第一位获此殊荣的中国公民！从这一刻起，曾经作品多样但一直寂寂无闻的莫言令整个中国，甚至是全世界记住了他的名字。我终于明白了为什么那么多人一辈子孜孜不倦就是为了去冲刺诺贝尔奖的青睐，哪怕只有一次足矣。这个全世界最负盛名的文学领域的皇冠，会让多少人一鸣惊人，又会让多少人成为时代的印记而流芳百世啊！

无论是诺贝尔，还是奥斯卡，都是造星的舞台，在这个舞台上，一切都是焦点。可令我们尴尬的是，作为一个人才济济的泱泱大国，至今可以像莫言这样站在荣耀顶端的中国人屈指可数，而且其中更多的还是有着深厚西方世界背景的华裔。也许是中华民族的文化中信奉"酒香不怕巷子深"，也许是中西方理念的鸿沟难以跨越大洋的辽阔，我们永远只能做那个最忠实的旁观者，看星光璀璨，品五味杂陈。但是这个"地大物博"的国家却可以在一个全球性的考评中名列前茅，那就是"世界遗产"！截止到2017年7月，中国"世界遗产"总数已达到52处，超过意大利，位居世界第一位。在这里，我们有足够的理由去骄傲，那些上下五千年的积淀，无人能及。长城、兵马俑、莫高窟、龙门石窟、布达拉宫……这些耳熟能详的名胜古迹都可以在世界文化遗产的殿堂中找到自己的一席之地——"一入豪门深似海"，它们不仅仅属于中国，属于历史，更加属于世界了。

可是这一切，与年轻的它有关吗？顺着《世界文化遗产名录》循迹，一行再熟悉不过的名字赫然映入眼帘："开平碉楼与村落（广东，2007.6.28）"。

原来，眼前的这片开平碉楼，早已成了世界文化遗产的一员！原来，世界早已为它张开了怀抱！

一开始我还有点半信半疑，因为与其他那些德高望重，名垂千古的世界文化遗产相比，开平碉楼不过只有区区几百年的历史，而且也不具备气派的明星相，对于那些无缘相见的人们来说神秘而寂静。可是，谁规定了世界文化遗产一定要论资排辈？一定要悠久厚重？开平碉楼或许生来就是为了颠覆传统、改变规则，它背后的故事和沧桑，只有像我这样亲身了解过、仰望过、感悟过后才会明白，这个资历最轻的世界文化遗产，足够令人信服！

曾经，我们都以为这个头衔离世界文化遗产很遥远，不会像那些成名已久、鬼斧神工的名胜古迹一般顺理成章。事实的确如此，如果不是一群有心人，一群因为欣赏而为它的前途奔波的人，它或许仍旧静静地隐匿在岭南如画般的丛林田野之间，与那些慕名的目光擦肩而过，沦为最低调的华丽！

人类文明的结晶，那些珍贵无比的文化遗产，都具大美无痕的特征。它们往往被淹于时光角落，静静地等待，等待着一双慧眼，越过时光的厚障看到吉光片羽的珍贵，迎来一场惊艳的邂逅。开平碉楼，终于等来了属于它的那一场美丽的邂逅。

1998年7月的一天，当时的中国大地发生特大洪水，时任开平市分管农林水和旅游工作的副市长陪同施市长到大沙河视察灾情，归途路经塘口镇赓华村华侨园林——立园，副市长特意带施市长进入立园观看。施市长一下子被这座美轮美奂的园林吸引住了。副市长详细向施市长介绍了这座将传统园艺、西洋建筑、江南水乡特色自然完美地融合于一体的华侨园林。副市长以其独特的视角阐述这座园林及开平特有的碉楼对华侨文化的传承、发展与对侨乡特色旅游开发的意义。施市长对此大为赞赏，两位市领导回来后向时任开平市委书记谭思哲汇报，几位领导一拍即合，当即决定以立园、碉楼为重点，打造华侨文化特色旅游。

开平碉楼，不再是"散逐香尘"的"落日楼台"，它慢慢走进了时代的视野，那些打量着它的目光，品读出属于它的春花秋月，升华出它独特的历史蕴含。开平碉楼成为一种文化意象、文化精神，是注定的历史使命。

1999年的冬天，一个人的到来加快了改变开平碉楼的命运。

11月的首都机场，寒风凛冽，一位举止干练的女性正准备登上飞往广州的班机。她的名字叫李玫，此行的目的地就是有着"华侨之乡"美誉的开平市。李玫并不是一个普普通通的游客，作为国家机关干部的她，这一次是主动向上级提出，要求到基层挂职锻炼，经上级批准前往开平报到，担任市委常委一职。

之前李玫对开平并不是很熟悉，也从来没有去过，但是如何尽快了解当地的文化风俗，做一些促进经济发展的调查立项，她似乎已经胸有成竹了。针对实际情况，办公室安排好了她的一系列考察行进路线，刚到开平的第四天，李玫就迫不及待地下到村庄田野，开始履行自己的使命和承诺了。

不知道是不是命运的安排，还是她注定与碉楼有缘，一路上被这岭南风韵深深吸引的李玫并没有按照原定安排好的路线行进，而是在一个交叉路口，吩咐司机把汽车拐进了分布着众多碉楼群落的自力村。可是此时的李玫，还从来没有听说过和目睹过开平碉楼的存在，也许是冥冥中有一种声音在召唤着她，指引着她去见证那被隐藏多年的神秘。

李玫选择了在一户农家了解百姓们的生活和诉求，几个小时的长谈让她的精神稍稍有些疲惫。于是，她独自一个人走到了村口，环顾四周，葱郁的树丛和蓝天白云的映衬让她顿时心旷神怡。忽然，随着一阵清风吹过摇摆的枝头，李玫感到眼前一亮，一片片巨大的身影不约而同地出现在了她的眼中——惊讶？震撼？不可思议？此时此刻，她却完全不知道用什么形容词来表达自己的心情。习惯了北方的四合院，习惯了循规蹈矩的城市建筑，眼前的这些庞然大物到底是从哪里来的？这是她从来都没有见过的奇特建筑，也许只有在儿时的童话世界中才出现过吧！

许久，李玫才从痴痴的陶醉之中清醒过来，她马上转身来询问随行的副市长，副市长似乎就在等这一问，因为他的硕士论文写的就是开平华侨建筑与华侨文化。话题一开，侃侃而谈，如数家珍把开平碉楼的成因、特征、功用等详细介绍了一番。李玫这才得知，眼前这美轮美奂的建筑就是"开平碉楼"！

开平碉楼的宿命因为这次偶然的邂逅被改写。兴奋的李玫仿佛看到了一扇为她、为开平人民、为碉楼背后的故事打开的窗户，接下来她马不停蹄地查阅资料，走访当地文化、文物部门，咨询相关学者都让她眼前的这扇窗越来越明亮。这些碉楼在构型上中西合璧的独特风格还有它们所代表的华侨文化，不正是李玫心中一直渴望的一个最好的发展契机吗？这是碉楼的幸运，也是李玫自己的幸运，她对开平碉楼的一见钟情,她对开平碉楼的刨根问底,让她慢慢读懂了它们存在的价值,现在,终于到了把它们带出乡间,带出田野,奔向更高更大舞台的时刻了!

"开平应该亮出碉楼文化的招牌,开平碉楼不但要申报全国重点文物,而且应该冲刺世界文化遗产……""尽管申遗有很长的一段路程要走,中途也会遇到困难和坎坷,但是一旦成功,碉楼就能得到很好的保护,继而开发利用,就会给开平带来巨大的旅游、经济和社会效应……"李玫在一个合适的时间,一个合适的地点道出了海内海外两个开平140万人民埋藏心底、最真实的期待!

文化遗产,是五千多年中华文明历史的见证,是扎根于中华儿女血脉中的不朽记忆。它不仅是我们广大人民游览名胜古迹、参观文化遗产时的所见所闻,更是共和国领导时时挂在心上沉甸甸的大事。

习近平总书记一直高度重视文化遗产保护工作,辽阔的神州大地上,他曾在不同场合多次对历史文物、文化遗产保护工作作出重要指示。时任福建省省长的习近平在为《福州古厝》一书作序中特别强调:"保护好古建筑、保护好文物就是保存历史,保存城市的文脉,保存历史文化名城无形的优良传统。"他对万寿岩遗址保护工作作出重要指示:"三明市万寿岩旧石器时代洞穴遗址是我省史前考古的首次重要发现,也是国内罕见的重要史前遗存,必须认真妥善地加以保护……"

这种对文化遗产保护的高度重视,对正在碉楼申遗路上艰难摸索的开平人来说,是一种无形的启迪、莫大的激励和鞭策!

莫大的激励就像一团火焰,瞬间点亮了开平人心中的明灯,点燃了开平人心中的向往，上至政府官员，下至乡野村夫，对碉楼申遗充满了憧憬……

想法化作行动，2000年，开平市成立了碉楼申遗项目领导机构——开平碉楼申遗领导小组及其办公室"碉楼办"。同年，还是这位副市长，带领碉楼办的同志到北京拜访乡贤罗公柳先生，罗先生当即致电国家文物局领导做了汇报。独特的开平碉楼群在华侨文化中举足轻重的意义引起国家文物局领导的重视，他们亲切接见了从开平远道而来的客人，副市长重点介绍了开平碉楼的华侨建筑与文化特色，阐述了碉楼申遗的深远意义。

为这个项目奔走呼号的李玫急匆匆地赶回北京。在国家文物局，李玫抑制不住心中的激动，详尽地向国家文物局局长张文彬汇报了自己的所见所感。"请到开平来吧，开平的碉楼很值得一看……"她深深明白，这份邀请是万里长征的第一步，也是最重要的一步，打动这位领导，就等于让碉楼的前途变得一片光明！此外，为了加重"申遗"的筹码，除了聘请本地的专家学者加入申遗专家小组以外，李玫和开平市政府还邀请了国外很多著名的世界遗产方面的权威到开平出谋划策——还记得那个马降龙碉楼上的那声赞叹吗？他或许也是其中的一员。从无到有，从梦想到实践，开平碉楼申报世界文化遗产的航船正式扬起了风帆，沉寂了近百年的它又一次找到了久违的激情和热血，让世界的脉搏为之跳动。

2000年11月，国家文物局局长张文彬应邀带领相关专家前来开平考察，同年把开平碉楼定为国家重点文物保护单位。2001年9月，世界遗产评估权威亨利博士慕名而来游历。这两位重要人物一定曾见过无数的奇珍异宝、亭台楼阁，但是亲身站在开平一座座奇异的碉楼脚下仰望，他们竟然同样兴奋异常、赞叹不已！用心的工作人员在他们下榻的酒店内张贴了整整一个展厅的碉楼照片，那些跃然纸上的雄伟和瑰丽让他们第一时间就迷上了这里的美，时而驻足，时而沉思，但是眼中始终散发着无法掩饰的惊喜。的确，他们可能去过很多国家，领略过气象万千，但是能在中国一个小小的边陲一隅同一时间目睹宛如"世界建筑文化的长廊"般的波澜壮阔，如此精致，如此震撼，这种感受独一无二。临走之前，对申遗的肯定和对未来的祝福让李玫一行人受宠若惊，之前的疑虑和不自信烟消云散。看来，开平碉楼与世界遗产注定千里姻缘一线牵！

就像亨利博士说过的，世界文化遗产的精神内核与开平碉楼相通，而且匹配得天衣无缝。而作为世界文化遗产的内核，全都浓缩到了六条标准之中：

1. 代表一种独特的艺术成就，一种创造性的天才杰作；

2. 能在一定时期内或世界某一文化区域内，对建筑艺术、纪念物艺术、城镇规划或景观设计方面的发展产生过大影响；

3. 能为一种已消逝的文明或文化传统提供一种独特的至少是特殊的见证；

4. 可作为一种建筑或建筑群或景观的杰出范例，展示出人类历史上一个（或几个）重要阶段；

5. 可作为传统的人类居住地或使用地的杰出范例，代表一种

（或几种）文化，尤其在不可逆转之变化的影响下变得易于损坏；

6. 与具特殊普遍意义的事件或现行传统或思想或信仰或文学艺术作品有直接或实质的联系。

有条件入围世界文化遗产提名的建筑，至少要符合以上一项标准。对于开平碉楼来说，除去历史稍短有待证明外，几乎完美地符合至少三四项，难怪一直按图索骥的亨利博士会如此兴致勃勃，他一定也看到了这里的神奇和巧合。开平碉楼终于发现了自己的闪光点，找到了自己最好最合适的归宿。

世界文化遗产的宗旨不是排名和竞争，而是关怀。这种关怀，来自对于即将逝去的挽留，来自对于不可重现的珍视，更来自对于文化升华的敬仰。它为人们如何看待这散落在世界各地的神奇提供了启示，那绝不是一张门票、一次嬉戏、一幅照片就可以涵盖的，它把人与自然，人与建筑天衣无缝地连接在了一起。历史纵然悠久，大不过人的思想、人的境界，当历史长河在人的书写中荡气回肠而又蜿蜒曲折时，我们应该做的，就是像这样如数家珍地记录、保护，让它们都能找到自己的坐标，串联成最博大的世界！开平碉楼，这个集百家之长的混血儿，这个在历史前行的车轮下顽强生存的勇士，对这份来自世界的关怀，已经等得太久太久了……

申遗的进展紧锣密鼓。其中，工程量最浩大的当属这1833座碉楼做一次完整的"人口普查"，摸清碉楼的数量、分布的位置和建造的年代等情况。除了依靠民间力量和碉楼办公室来进行，还需要更加专业的技术支持，建立一个精细的碉楼数据库。这个艰巨的任务落在了清华大学建筑学院教授张复合的肩上，张教授从听说这件事的第一天起就对它情有独钟："我举过一个例子，我说，如果说上海外滩的建筑，是这个别人的孩子，就是外国的孩子在中国长大。我说开平碉楼就是我们自己的孩子，在自己本土上受到了外来这个文化的滋润，成长起来的。这个意义对我们现代的建筑创作，我认为是非常重大的。"历时八个月，跑遍了开平几乎所有的碉楼之后，尝遍甜酸苦辣的张复合和他的团队终于结束了普查工作。建好的数据库俨然开平碉楼的百科全书，所有人无不为之欣慰！

2006年1月，联合国教科文组织正式接受了开平碉楼申报材料的英文文本，而申报的名称，也由最初的开平碉楼，变成了"开平碉楼与村落"。很多人不明白这增添的几个字是画龙点睛，还是狗尾续貂，可是如果只有碉楼的身影，你不会觉得空洞，不会觉得十全九美吗？张复合教授曾说过："开平这个碉楼，它是一个跟这个田野风光，跟农村的这个田舍，是组合在一起的……"我们赞叹碉楼的美，不是在画地为牢的博物馆中，而是在广袤的中华大地上，那些绿树、黄花、河流、鱼塘、草屋，不只是它的点缀，更是这幅水墨画中不可或缺的元素，碉楼的静和田间的动，碉楼的高和民居的矮，错落有致，相辅相成，这不是鱼和熊掌的选择，而是并肩而立的和谐！

正如碉楼之魂不仅在于它的外表，还在于它背后那些或被铭记或被遗忘的故事一样，我们的眼界理应与世界为伍，探寻美丽背后的真谛，挖掘一切可能的注脚。而这些故事的见证者就一直守候在碉楼身边，就

沧桑碉楼

在这岭南最原始最恬静的山水原野之中,一代又一代,生生不息——申遗,如何少得了它们的精彩呢?

申报材料的巨细无遗就像是在修改一部大片的剧本,不止名称,连内容和角度都几度易稿。作为明星中的明星,哪几座碉楼可以浓缩这千楼千面的精华,哪几座可以肩负起这西天取经的神圣使命?在经过多位专家反复推敲、对比、排序的基础上,又严格按照申报的要求筛选,四处代表开平碉楼申报世界文化遗产的提名地呼之欲出:三门里村落、自力村村落、锦江里村落和马降龙村落——再没有什么能比这四兄弟更能道尽开平碉楼的风华绝代了!我觉得自己很幸运,因为在迎龙楼中找回本源,在铭石楼内见证华美,在瑞石楼外仰望高度,还有,在马降龙体会世外桃源的隐秘,这些感受,这些经历,我都没有错过。它们的魅力,让我流连忘返,每一处都为即将登上世界文化遗产目录的开平碉楼贴上了属于自己的标签。

赤坎镇三门里村的迎龙楼,距今已有400多年,饱经风霜的墙面诉说着这片土地的前世今生,它代表了开平早期碉楼的建筑形态。这个标签叫作"古朴";

塘口镇的自力村一共拥有大小15座碉楼和庐,是开平保存最完好,艺术风格最繁多的碉楼群落,它是开平碉楼兴盛时期的缩影。这个标签叫作"多样";

蚬冈镇锦江里村被提名得益于那恢宏的"开平第一楼"——瑞石楼,瑞石楼具有"一览众楼小"的霸气,它为碉楼的外形树立了一个新的高峰。这个标签叫作"突破";

第十一章 世界遗产的告白

百合镇马降龙村落是一个曾被誉为"世界最美村落"的天堂，它依山傍水的幽静，加上竹林环绕的神秘，为开平碉楼与周围环境的和谐相处做出了最好的诠释。这个标签叫作"融合"。

很难想象在这样一类建筑身上可以看到如此之多的价值，可以得到如此之广的包容。也许它们的主人，那些曾经的金山伯们，只是为了保一方安宁才把它们带到了这里，但是随着时代的变迁，这些碉楼早已超越了人们的期望。它们成为历史的见证，成为艺术的瑰宝，它们在开平遇到了久违的知音，百年的坚守，彼此的相濡以沫，一切尽在不言中。

整个申遗过程同样也是一个让李玫这样的推动者、参与者重新认识和感悟开平碉楼的机会。他们不断迎合研究评比标准的同时，也在从世界的高度俯瞰这最熟悉的陌生人。也许是"日久生情"，每个人心中的开平碉楼都和最初认识的那个样子不尽相同，变得更立体，更丰满，也更有人情味了。世界文化遗产的光芒让开平碉楼走出了民族和地区的狭隘，不做井底之蛙，而是尝试着拥抱世界，这和它与生俱来的游走于东西方文明之间的特质不谋而合。中世纪的古堡、拜占庭的穹庐、罗马希腊的复古风，这些相似之处不会让人觉得山寨，而是震撼。当未来的那一天，开平碉楼在世界文化遗产的殿堂之中与它的原型们一一四目相对，那种似曾相识的欣慰，会不会相见恨晚？

万里长征还剩最后一步，真正的考验来临了。2006年9月15日，开平是一个阳光明媚的日子，一个名叫卢光裕的马来西亚籍人来到了这里，与之前多数游人轻松的观光旅游不同，此行卢光裕是受国际古迹遗址理事会的派遣，专门对开平碉楼与村落"申遗"项目进行实地考察和

沧桑碉楼

评估。可以说，这次结果的好坏直接决定了最后的成败！在开平的四天时间里，卢光裕风尘仆仆地考察了"开平碉楼与村落"申遗的四个提名地，并一一做了翔实的记录。所有人都不能或不敢询问他的感受和意见，他的每一个动作甚至是每一个眼神都会牵动人们的心，这份忐忑自始至终。四天的考察时间很快结束了，按照申报世界文化遗产的程序，卢光裕先生在实地考察后将写出评估报告，作为投票表决的参考。开平碉楼能否成为世界文化遗产，最终将取决于2007年6月举行的第三十一届世界遗产委员会的表决结果。

它是中国乡村主动接受外来文化的见证，以开平为中心出现的碉楼群，是中国乡村民众主动接受西方建筑艺术并与本土建筑艺术融合的产物，不同的侨居地不同的审美观，造就了开平碉楼的千姿百态。

原文化部部长、著名作家、文化学者王蒙先生一行考察了世界文化遗产地自力村碉楼群和国家AAAA级旅游景区开平立园，在立园碉楼文化展示厅观看了梁小恩等主创的《沧桑碉楼》等影视作品，详细了解了开平碉楼与村落的历史文化及背后的故事，对碉楼内外的设计、造型、每一个细节和室内摆设的每一件文物都充满浓厚兴趣，深深被开平碉楼中西合璧的建筑艺术风格和独特、深厚的华侨文化底蕴所吸引。这位文坛泰斗连声称赞："开平人了不起，开平的华侨了不起，一百多年前就懂得主动吸收西方先进文化，把外国有用的东西拿来为我所用！"赞叹

第十一章 世界遗产的告白

之情溢于言表。

....

碉楼申遗已箭在弦上，在等待申遗结果的日子里，总会听到从开平的每一个角落，每一个教室中传出这样的琅琅书声。《开平碉楼与村落》的乡土教材借着申遗的春风应运而生，作为开平崭新的一代人，这些孩子们即将目睹开平碉楼新的辉煌，他们铭记的也是祖祖辈辈留下的希冀、传承和梦想。

一年的时间并不漫长，但是对于早已等待和筹备了八年之久的开平碉楼来说，这一刻永远难忘：2007年6月28日，新西兰基督城，联合国教科文组织召开第三十一届世界遗产大会，审议包括中国唯一的文化遗产申报项目——"开平碉楼与村落"在内的43个评审项目。在申报文本超过50%淘汰率的情况下，上午8时35分，经过185个成员国代表8分钟的闭门讨论后，世遗大会主席终于敲响木槌，庄严地宣布："'开平碉楼与村落'项目全票通过，正式列入《世界文化遗产名录》！"

这一声，从南半球传到北半球，开平的碉楼们，你们听到了吗？从这一刻起，你们终于成为我国自1985年加入《保护世界文化和自然遗产公约》以来，被列入《世界遗产名录》的第35处世界遗产！

这一声，从新西兰海岛上传到美利坚、加拿大，传到世界上每一个有华侨的角落，开平的华侨们，你们听到了吗？从这一刻起，碉楼终于成为世界上首个华侨世遗项目！

这一声，从浪涛里传到历史中，开平的传奇们，你们听到了吗？从这一刻起，在侨乡开平这片热土上，终于实现了广东省世界遗产零的突破！

　　从这一天开始，开平碉楼有了自己的前缀，有了自己的品牌，变身为了集万千宠爱于一身的世界文化遗产新贵。只是，洗尽铅华的它早已显得宠辱不惊，它懂得，是自己的才情和自然才会吸引到世界的目光，如果这些荣耀让自己从此变得不再像自己，那么它宁愿继续大隐隐于市的自在，而远离那些它曾经拥有却早已远去、无法复制的繁华和熙攘。

　　所以当我与它挥手作别，它依然风度翩翩，彬彬有礼。

　　所以当我与它渐行渐远，它依然隐秘林中，心如止水。

"城阙辅三秦，风烟望五津。

与君离别意，同是宦游人。

海内存知己，天涯若比邻。

无为在歧路，儿女共沾巾。"

　　此刻，唐代诗人王勃的诗句总在我的耳边萦绕，挥之不去。离开碉楼的日子，我也远离了那份从容和闲适，都市钢筋水泥森林中的压抑让我越来越羡慕这些曾经的好伙伴，有时间我一定会再去看望它们，等到那个时候，我相信，草仍绿，花仍红，水仍静，人仍真，而它们，仍旧屹立不倒！

　　梦中又一遍遍听到这些伙伴们倔强的呐喊："我们的真名不仅叫世界文化遗产，我们的真名都叫作开——平——碉——楼"！

尾　声

　　就这样结束了吗？我忘记了怎么开始，也忘记了该怎样结束。照片中碉楼的影像仍然鲜活，但是总会有一些静止的遗憾，而那些未曾退去的感受却在流动，在绵延，在发散，无法捕捉。开平，的确是有魔力的，它们就隐藏在这座座碉楼之中。

　　这不会是梦吧？因为我发现此刻电影中的剪影又和它如此相似。

　　坐在电影院中的我总有一种奇怪的感觉，对了，就像那句诗说的："你站在桥上看风景，看风景的人在楼上看你。明月装饰了你的窗子，你装饰了别人的梦。"——那一刻，电影似乎总是在邀请我携手同游。

　　《让子弹飞》的结尾耐人寻味，有人在解读，有人在迷惑，但是对我来说，看着黄四郎在自己的碉楼上烟消云散，心中总是涌起一阵别样的情愫。这不同于善恶有报的大快人心，也不同于曲终人散的欲语还休，而是一种宿命的感慨。正如我这一路走来，看到的始终是那从不曾改变过的碉楼，想到的始终是那坚韧不拔的拼搏，人去楼空，纵然人们在它的身上留下过多少喜怒哀乐，纵然历史赋予过它们多少慷慨激昂的威严，它还是自己——碉楼，一座座不以物喜，不以己悲的历史丰碑。

也许很多年后，我会淡忘这次神游，也许是我根本就没有完全走进碉楼的内心，因为我有太多世俗的不舍和羁绊，无法让历史给我最虔诚的洗礼。可是我终究是真真切切仰望过开平碉楼的信徒，即使短暂，同样刻骨铭心——我真的动容过，当我矗立在立园聆听那段风花雪月；我真的震撼过，当我攀登到瑞石楼的顶端眺望那片山水泼墨；我真的钦佩过，当我抚摸着南楼弹痕累累的斑驳墙壁，想象着那"与南楼共存亡"铮铮誓言的荡气回肠；我也真的沉思过，当我踏上曾经的金山伯们魂牵梦绕却又俩俩遥望的故土，追忆那些漂泊的故事，体味那些还乡的荣耀。这一切都在我脚下，在我身边发生过，与我擦肩而过，仅仅只是早了百年的时间……

不知道从什么时候起，开平碉楼已经住进了我的心中，沉甸甸的。我一直不相信电影中的场景是为生活而生的，因为太过传奇太过蒙太奇，但是开平碉楼的存在让我的眼界彻底打开了。这是侨乡百姓亲手打造的传奇，有血有肉，在这里，看历史、看文化、看风景、看世界，看我们从未看过的独一无二，这感觉，比电影更神奇！

潭江水日夜滋润着这片神奇的土地，那些溅起的浪花，我不知道，哪些是汗水，哪些是泪水。百年之前，它的青春被这些碉楼唤醒，编织着一个苦尽甘来的梦，而百年之后，它依旧青春，无论是黑头发黄皮肤的同胞，还是金发碧眼的外乡人，顺着它的指引，都会找到那熟悉的场

尾 声

景，都会惊讶于命运的巧合。这一座座碉楼，已经不仅仅是开平人的碉楼了，而是世界的，只是它心中渴望的，也许还是像我第一次邂逅它，或是最后一次回首它时，那如孩童般发自内心的惊喜和微笑！